伊春

赵松

上海文艺出版社

目录

鲸 3

公园 26

凤凰 48

象 79

伊春 94

南海 147

风 222

爸 243

邻居 269

尼泊尔 280

后记 297

鲸

1

身体后仰的瞬间,他看见一小朵虚浮的云,出现在额头的前方,紧挨着出租车的挡风玻璃。他静止了。也可能是在外面。他盯着它,那朵小得像谁刚吐出的一口烟似的云。它正在渐渐地消失的过程中。最先消失的,是那个尾巴,几乎是转眼间就缩掉了,最后才是那个像眼睛的地方,在几颗很大的雨滴突然绽开在玻璃表面时,它转瞬化为水汽。

他觉得自己的脸上之前可能是闪过一丝奇怪的笑意,不然出租车司机怎么会在后视镜里那样古怪地瞟了他一眼呢?车子只不过是刚开出十几米左右,就不得不又一次停了下来。这时候,他们的眼光也又一次碰上了。恍惚之间,他有点怀疑自己之前是否说了要去哪里?于是他下意识地又重复了一遍:

"去机场。"

"你说过了。"司机面无表情,嘴角抽搐了一下。

现在是他觉得司机在冷笑。他发现,司机正侧歪着脑袋,后倒车镜里偶尔露出的那双眼睛,掠过的是呆滞暗淡的光泽。前面的艳红车尾灯忽然熄灭了,于是司机就立即换挡,踩油门,又一次让车子向前冲去——嗡。他忽然有种耳鸣的感觉。

暴雨终于降临了。又大又密的雨点,瞬间覆盖了塞车的高架路,最初砸在那些闪烁着红尾灯的汽车上的那一刻,发出了"轰"的一声闷响。他注视着数不清的雨点在玻璃上、车身上纷纷破碎,随即又被后续的雨点们砸得更碎,此起彼伏地溅起千万簇炭红的火花,每一簇都喷薄出染了红晕的水雾……要是没有雨刷器那单调沉闷的摆动,这个场面就会太过完美地抵近荒凉的状态了。

他把头倚靠在右侧的车窗上。前面一辆面包车的门忽然拉开了,钻出一个人,冒着大雨向这边走来。那是个瘦高的男人,那张脸在大雨里转眼就模糊了,湿透的衣裤紧贴在身上,走进车大灯的强光里的时候,好像整个人都在融解,随即又淬火凝固,然后摇摇晃晃地走了过来,经过他们的车边,一直向后走去。那辆面包车的门里,探出了个更为模糊的脑袋,根本看不出是男是女,只知道那个脑袋正在看着刚走过去的那个人的背影。某辆车按响了喇叭,结果就引发了更多车辆的喇叭声。谁都知道这样一点用都没有,但还是忍不住要按响喇叭,近乎强迫症的状态。

"哈,娘的,"司机伸手摸了摸自己的额头,"神经病啊这是,个个都像要把车子拆了似的,你倒是拆拆看啊,傻逼。"

直到看不到那个人的背影了,他才转过身来,恢复了之前那个姿态。让耳朵贴着玻璃。

2

远处,浓厚的云层底部,被几道光束照得灰亮,看上去很是诡异。蛛网般的淡紫色掺杂着银白的闪电不时从幽暗的深处突现,有一些直接就令人惊诧地伸向了城市里。可是,你听不到雷声。

司机注视着前方,像个自动驾驶汽车里的人体模型。不知何时,车载收音机已经打开了,正在播报实时路况。女主持人的声音有点慵懒,还掺杂着点莫名的兴奋。她提醒司机朋友们,务必要注意行车安全哦,那些堵在路上的朋友们千万不要焦急,再耐心一些,暴雨很快就会过去的,之后将会有一个安静的夜晚,属于每个人的,夜晚。

司机随口骂了句什么。他也笑了。或许是想到了此时这个城市里其实有很多人都在为这天气而烦躁不已吧,他的脸上流露出多少有些释然的神情。衬衣散发的湿气里混合了冰冷的空调风波动在鼻息里,要是仔细闻的话,还会有被雨水反复冲刷过的路旁草坪里的几丝泥土气息。反复地冲刷,冲刷。他注意到,夜色里的那些密集的高层建筑都在闪烁着微亮的灯光,每一个窗口都异常的小,每座建筑都很模糊,像个穿着大人雨衣的孩子,冒着雨,站在远处,看下雨。他叹了口气,闭上了眼睛。

整个世界都处在一种听天由命的停滞状态里。

收音机里变成了怀旧老歌。极为温柔,黏黏的,腻腻的,贴着脸颊,贴着鼻腔上端。一首歌还没完,男主持人的声音就忙不迭地冒了出来,开始饶舌,跟女主持人说着笑话,作为调料,当然还有更多的废话作为配料。他感觉那个男的其实是有些看不起那个女人的,至少是觉得她有点笨吧,而且人也不漂亮,甚至还在半认真半嘲弄地重复着之前她的那一小段抒情的话,属于每个人的,夜晚。然后就笑场了。

"估计今晚的航班,"司机有点沮丧地提醒道,"都飞不成了。"

"哦。"他摇了摇头,意思是无所谓了。司机没明白他是什么意思。

"不管怎样,"他想了想说道,"还是要去看看的,看看到底是怎么个状况,你说是吧?"

"哦?我是无所谓的啊,你想去哪里,我都会送你去的。"司机降下一点左侧的窗玻璃,点了支烟,"说实话,我也喜欢去机场啊,到那里,至少我也可以歇会儿了。反正也不会有生意了。这种要死人的天气,让那些傻逼去跑吧。我是不想跑了。"

他看着后视镜中的那双混浊的眼睛。这一次,他们的眼光没有碰上。

3

不久前打来电话的那个女人,他忘了她叫什么了。可能他根本就没问过,也想不起在哪里见过了。号码是陌生的。不过没关系,没说几句就结束了。她说昨晚你电话时我睡着了,没听到。哦,他习惯性地答道。没关系,也没什么事,就是问候一下你。放下手机,他就在琢磨,打过么?完全不记得了。看通话记录,一直翻到凌晨的,确实是打过的,一点半的时候。

那时他在想什么,为什么偏偏挑这个陌生号码?与之相关的那几条短信是三个多月前的，跟她谈到几个吃饭的好去处，几种特别的菜，希望在她休息的时候，一起去尝一尝，仅此而已。他觉得在这些文字里有种令人生厌的热情。啊，吃饭是最好的休息。这种蠢话自己竟然也说过。太不真诚了。他真的不喜欢这种忽然冒出来的热情，太不真实了，可你还是让它冒出来了。她前面的两个回复，分别是"哦"和"是么"。最后的回复是，好。三个多月，转眼就过去了。他完全想不起她是个什么样的人。她能想得起来么？怎么可能。

他的右手大拇指，有点像正在说话的舌头，晃动着，不断触碰着手机的屏幕——几个不同的设想，关于晚饭或是宵夜。对方有些漫不经心，或是在忙碌。每个回复都要等上好半天，间隔越来越长。下一个回复，让他等了十多分钟。他觉得这是对那种愚蠢热情的一种肆意纵容。空调风吹得他有点冷了，皮肤有些绷紧，而就这样跟一个想不起来什么样子的女人发信息，然后等她回复，这种幼稚行径的唯一好处或许就是能产生某种可以缓解冷与麻木的热量。

"哦，哪里都可以。什么都行。我对吃的，没爱好。"出乎他的意料，她最后竟然是这样回复道。

"嗯，我明白。"他回复道，"能让你安心吃顿晚饭，也就可以了。"

"有时候,我真的觉得,什么都不吃最好。"

"为什么?"

"不为什么,就是那么想的啊。"

"等我休息吧,我可能要先去趟医院,得花上半天时间,因为那家医院是要排上很长时间的队的。"

"嗯,医院不是都这样么?病人总比你想象的多得多。"

"是啊,我也是病人。"

他看了看窗外,然后仔细地描述了那个素菜馆子的菜品风格。过了很长时间,对方才回了一个"哦"。他又提到一家川菜馆子,那里有变脸之类的演出,有次他在那里吃饭,赶上某航空公司的年会,有很多空姐在跳舞。对方的情绪似乎被调动起了一些,这倒是不错。她说她对这个城市完全不了解,没出去逛过,而且,吃什么对于她来说真的都差不多。休息的时候,她最想的,其实就是睡觉,最长一次睡了十六个小时。

"你在做什么呢?好像下暴雨了?"

"我在去机场的路上,一直塞车,动不得。"

"你是要出差么?"

"没有,是去接一个人。"

"哦。辛苦。"

"现在,估计机场里都空了。"

"为什么?"

"据说航班都停飞了。"

"那你还去?"

"我是去接人,飞来的。"

"这样啊。"

"你喜欢机场么?"

他放下手机,闭上了眼睛。车子忽然启动了,向前移动了几十米。然后一切又恢复到此前的状态。

对方再也没有回复什么。隐约地,他有点想起她是哪一个了。是在去年年初吧,也可能是再上一年的冬天里,他带了瓶日本的清酒,去看她。她住得很远,换了两次地铁才到那个很老的小区,里面长满了乱糟糟的树,到处都丢着破旧的自行车,怎么看着都像是到了另一个世界。

那个晚上,他就在另一个世界里发着呆,抽着烟,注视着她。他断断续续地听她讲自己的那些琐事。他觉得自己挺喜欢这样听一个陌生人不停地讲话,而自己什么都不用讲,只需点点头就可以了,说"确实",说"是啊",或是叹息一声,然后看着她的眼睛,不经意地报以同情的眼神。当然,主要的问题是,她缺钱。这几乎是所有人的问题。不只是她一个人的。区别只是缺的方式和程度而已。她在一个遥远的小县城里开了家奶茶店，跟几个朋友合伙，怎么弄都不挣钱，几个人差不多每天都会吵。更早些，她还开了个服装店，但也是薄利，因为当地人只会买淘宝上的便宜货，每月给那个替她看店的小姑娘开完工资，扣除房租水电费，自己也剩不下几个钱了。

4

他喜欢这个机场。这是几年前来这里送一个朋友去香港时发现的。朋友是个女的，她要去参加一个宗教社会学国际研讨会。像她这么年轻的，能研讨个什么呢？他是这么想的，但并没有多问，没必要什么都知道。

直到快要登机了，她还在犹豫。她就问他，要是不去呢？他觉得不去也没什么啊。话是这么说的，可是他觉得她终归还是会去的。犹豫有时也会产生反作用力，积累一种冲动。所以他并不想劝阻她。她真的会怕有什么危险么？对于她这样一个喜欢奇遇的人来说，此行无论如何都算不上有什么危险的。不就是要见一个人么？或者，不就是一个人要见你么？他故作无所谓地点了些吃的。两个人默默地吃着。每样东西都非常难吃。她后来抬起头来，若有所思地对他说：

"我是真的觉得有点累了。"

他点了点头，表示可以理解。

"你能理解么？"她问道。

他看着她的眼睛，点了下头。她握了一下他的手背，站起身来，拖着那只深蓝色的旅行箱，朝出发入口走去。

那时他又坐了一会儿，打量着这个机场的候机大厅。后来又在里面转了一会儿。最后找到个咖啡馆，在外面的座位坐下，要了杯咖啡。当时是下午四点多，人并不多，好像每个人都是远远的，像影子似的在晃动。他从来没这么仔细地观察过这个机场的空间结构。他记得机场的设计师是个老外，好像是法国人吧，他还买过这人写的一本随笔集，名字很奇怪，《岛》，里面都是些很短的篇章，最长的也只有两页，文字是他喜欢的那种浮想风格。在书的后勒口上，列着即将出版的作者其他作品的名字，一共三本，其中最后一本是《鲸》。要是不了解作者的身份，没准会误以为是个类似于麦尔维尔或康拉德的作者呢。

当时他反复打量着机场顶棚轻微起伏的波纹状线条，看着那些垂向空中的白色细柱，就觉得它们看上去真的有点像鲸鱼的骨骼，说不定那个设计者也就是这么想的吧。它们均匀地排列着，每一个都带着寂静而又轻盈的感觉，他甚至能感觉得到流动在其间的空调风的运动方向，就像海流一样，温暖地无声无息地流动着，在这个巨大的白色空间里，在每一根鱼骨的周围都留下微妙而又无形的涡流。

他喜欢上这个机场没多久，她就移民去了新西兰，嫁给了一个在当地生活了多年的同乡，他们只见过两面就去结婚了。她喜欢那里，因为它周围都是大海，他们家就在海滨，从家里出去，走上十来分钟，就到了海边。那里有漫长的金色沙滩，真的是金色的，她对他强调，非常的美，近乎完美。他甚至能想象得出她说这话时的神情。她经常会发些照片给他看，有蓝天大海，明净的海滨公路，有黑色的礁石在浪花里浮现，还有她在那边遇到的一些有趣的人，一些很奇怪的人。哪里都有奇怪的人。但有趣的人很少。你要是来这里，她说，也一定会喜欢的。

后来她还说到，最近有个年轻人，在热烈地追求她。而她呢，已经有些被他的热情所感染了。她知道这算不上什么爱，但真的就是被感染了。她觉得现在对于她来说，最缺少的，也就是热情了。毕竟人不能只面对大海啊。他沉默了一会儿，笑道，我们可能都到了缺少热情的年纪了。不，她说道，我们还是不大一样的，我觉得你并不缺热情，这一点我们不一样，尽管你比我大十好几岁，但我始终都觉得你比我要有热情的多……你真的不需要顾忌我的感受，我知道你是想安慰我才这样说的。

她还有些东西存放在他那里。除了一些书，还有一幅油画,也是她画过的唯一一幅,很小的一幅。她说她画的是花,可他真的没看出来,他只看到层层叠叠的油彩。后来她忍不住笑道,其实画的是你的肖像啦,只是没画好,就反复地涂啊涂啊,涂了很多不同颜色的油彩,最后就变成这样子了。她在电话里笑了好半天。真的抱歉啊,她最后说道,把你画成那个样子,连你都看不出来是什么了……不过现在想想啊,我觉得你的形象就是那样的模糊了,有很多印象重叠在一起,互相消解了。

对了,他告诉她,他从那次送她之后,就喜欢上了那个机场。他特别喜欢到那个机场送人或者接人的差事。要是接人的话,他就会提前三个多小时到机场,这样就可以等上很久。送人登机之后,他就会再呆上两三个小时,看看书什么的,或者就看来往的人,会觉得很舒服。在机场里,你什么都不用做。只有在机场里,你才能充分感觉到什么是悠闲。当然,目前也仅限于那个机场。有时候,即便没有人要送,没有人要接,而且刚好他没什么事儿,他就会突发奇想地坐上地铁,去那个机场,在那里呆上半天。

她沉默了片刻,才回复他,这样啊。

5

"你在哪儿?"

手机的振动让他的手麻了一下。他感觉自己之前好像睡着了。可是不想说话。但还是说了。在去机场的路上。去哪里?哪儿都不去,就是接个人……能不能接得到,还不清楚……不是飞起来了就会降落的,不是的,也可能半路折返呢,要是落不下来的话……还有比这要夸张得多的,有一次我飞莫斯科,还有一个小时就到了,却忽然返回了,有座火山喷发了,欧洲的机场都关闭了。莫斯科没有火山。是希腊的火山。欧洲太小了。对。挨着海。那座火山就在一个岛上。是爱琴海。莫斯科没有海。再也没去过。我对莫斯科没什么感觉。小时候,它就是收音机短波里的听着很古怪的声音,这里是莫斯科广播电台,播音员不管是男的还是女的,说什么听起来都有些意味深长的感觉,有点大舌头,语速缓慢。那个地方,总归是乱糟糟的吧,对,土豆烧牛肉。你去过东北吗?那里一到冬天里下过雪,也是这样的。那个斯诺登带着一大堆秘密,在莫斯科机场里过着幸福的生活,不属于任何国家,被所有人惦记。你喜欢机场么?我喜欢。我最喜欢的地方,想来想去,也就是这机场了。没法形容。

他真的不想多说话了。

他唯一希望的，就是能好好地保持那种对于那座机场的热切期待，不然还能期待什么呢？

6

新的通知又来了。老板终于还是取消了今晚的行程，直接从那个晚宴的现场回家了。明天一早要是雨停了，就立即去机场，你们在那里会合，坐早上七点的航班，票订好了。最后，通知的人在电话里颇有点不好意思地笑了笑，希望他不要介意。

"怎么会呢，"他松了口气，"我喜欢在早上出发。"

"那就好。"

"我其实挺喜欢这种刺激的差事的。"

"嗯，听说高架堵死了？"

"对，估计很多人都要疯了。"

"你不会是已经到机场了吧？"

"怎么会呢，"他笑了，"还在路上。"

"哦，这样，那好吧，还来得及返回。"

这样就不用担心什么了。不用怕赶不上航班了。赶到机场，也不需要查询航班能否起飞了。这样最好了。到了以后，他至少可以轻松地在机场里待上一会儿。反正也没什么事要做。他也不想这么早就赶回家里。

　　另外，想想明早要是真的不再下雨，自己还要赶到机场，他也觉得是件挺有意思的事，他喜欢这种转个不停的感觉。还有就是，他觉得自己其实是可以整宿都不睡的。他向来不喜欢早早地就从床上爬起来，但是彻底不睡就不同了，他喜欢这样，尽管会让他一整天都精神恍惚。

7

　　司机焦虑地注视着前方。暴雨又来了新的一轮。没有了闪电，却有了雷声。雨刷器艰难地摆动在水流里，而在大雨点的密集敲击下整个车身都在发出"嗡嗡"的响声。司机用眼角余光注视着他的古怪神情。或许真正会让司机后悔的，是不该在这种鬼天气里接了这么一单活儿吧。当然，司机也不可能明白，旁边这位老兄的兴奋，可能主要来自那种始终都无法抵达而又忽然间压力全无的状态。

　　收音机的声音调大了。这是他提的要求。重金属风格的音乐。不知道是哪个老牌的摇滚乐队，听着有点耳熟，但他始终没能想起乐队的名字。整个车身都在颤动。司机摇了摇头，于是又换了个台，还把声音也调小了。换台就换吧，他不想纠正。这回播放的是天气情况，气象台发布了红色预警,午夜到凌晨,仍然会有大到暴雨。车子又动了。前面的那些炭火般的奇葩也随即在雨雾里熄灭了。

司机几乎是用最恶毒的语言咒骂着前面那些随意变道的车辆,同时不忘加速从转瞬即逝的间隙里穿行,随手按着喇叭。很多人都在按喇叭,就好像整个世界都忽然兴奋了起来似的。只有他兴味索然地闭上了眼睛,把歪着的脑袋倚靠在椅背侧面跟车窗之间的空隙处。

在电话里,她听得到雨声。她有些半信半疑,这个时间,这种天气,是很特别的客人么?尽管厌烦,但他不得不编造出客人的身份,还有这位老兄是个性格非常古怪的家伙,完全的自以为是,非要在今天飞过来。

"比你还要古怪么?"

他笑了起来。

"喂,"她沉默了片刻,"麻烦你小点儿声好么,别把旁边的人吓到。"

他看了眼司机。

"你不想让旁边的人说两句么?"

"你是在说梦话吧?"

"清醒着呢。"

"想什么呢?"

"随便你了。"

"好吧。"

"继续说啊。"

"不想说话。"

"哦,其实我也不想。"

"这样最好。"

"是么,你觉得好么?"

"好。"

"为什么非要说谎呢?"

"因为马上就要到机场了。"

"哦,那就再见。"

"再见。"

司机突然紧踩了两脚刹车,避免了一次追尾,高声地骂了起来。电话挂断了。所有女人的脑袋里都有个时好时坏的雷达,这是他的一个老友说的。假如说这位老兄这辈子说过什么名言警句,那显然只能是这句了。司机还在骂着。他也跟着骂了几句。

他们终于远远地看到了机场的那几个霓虹灯大字。

车子在进入候车区时,只有几辆车还停在那里,里面都没有人。他从车里出来,钻进湿热的空气里,眼镜上浮现一层雾气。这里正在遮雨篷下,能听见雨点在上面发出密集而激烈的响声。他摘下眼镜,朝入口处望去,注意到在门边站着一位身着黑薄衫黑短裙的瘦高女人,正在往金属垃圾桶里弹烟灰,但看不清脸。

在他身后,出租车司机下了车,来到他下车的那个门前,拉开门,重新用力把门关上,"嘭"的一声闷响。他回头看去,本想跟那个司机打个招呼的,可是车已开走了,就像再也碰不到他似的。

等他戴上眼镜,那黑短裙女人已不在那里了。

他四下望了望,连个人影都没有。只有几辆车停在路边,看不出里面有没有人。他轻松地吹了几声口哨,拖着旅行箱,穿过自动门,眼前一亮,豁然开朗,终于进入了候机大厅。

8

他拖着轻飘飘的行李箱,在空荡荡的大厅里悠闲地转悠了好半天。

航班信息屏幕上一片飘红,只有两个航班是绿的。他的那个航班,显示为待定。他不知道那些散落的旅客们在等什么。他神情轻松地看着这些人,从他们中间自在地穿行。

他到边上的咖啡馆里坐下，拿出一本蓝色封面的小说，翻开一页，耐心地读下去。小说里写的是一个巴黎的男人离开了老婆，跑到了情人家里，然后第二天又离开了，去了戴高乐机场，然后突然决定去北极，于是就去了北极。最后当然又回到了巴黎，像个无家可归的人似的。

放下书，他望着远处。那些白色的呈弧线形的龙骨，还有一列列垂入空中的细骨，白得寂静。他可不想去什么北极。他哪儿都不想去。那种动不动就想着要跑到什么地方去的念头实在是天真而又幼稚，也可以说是愚蠢。当然这是可以原谅的愚蠢。他也曾想去个很遥远的地方，就一个人，在他还很年轻的时候。但那种时候再也不会有了。如果你像一条带鱼那样被煎了一面，那就要避免再被煎另一面。但实际情况是，当你像条带鱼那样被切成数段，然后被煎了一面之后，就避免不了再被煎另一面了。无论你跑去任何地方，其实都是在煎另一面。真正需要的，只是停下来，在一个点上，静止不动。不，准确地说，是悬停。只有在这样的时候，在这样的地方，你才会觉得什么都是可以原谅的。

悬停，就是既在某个地方，而又不在任何地方。

9

从城里到机场的过程中,整个城市都在缓慢地展开,一切建筑物和树木仿佛都非常简明地恢复了本来面目,给他留出了一条路,让他穿过,然后飘浮。

就像以前有几次在即将抵达机场时看到的那样,一架飞机正对着公路飞起——但它看上去就像不是在起飞,而是停在半空中,保持着上升的姿态,但是一动不动,停在一个漫长的瞬间里。他看到身后的城市迅速地闭合,很多东西从他的周围、他的世界里自然地脱落,他看到微不足道的自己,像个斑点似的,向前略微晃动了那么一下,就轻轻地滑入了鲸鱼的体内,然后无忧无虑地找个位置坐下,把某个人送走,或是等某个人出来,不管是什么人,对于他都只是个开关而已,触动之后,就可以让他留在这里,在这里醒来,得偿所愿。

咖啡馆打烊了。

服务员不得不叫醒那个在角落里伏案而睡的女人。她惊恐地跳了起来,盯着那个表情尴尬的服务员,发了会儿呆,才意识到这是怎么回事,默默地背上背包,走了出去。几乎所有的店铺都已关门了。只有几个保安,散落在空旷的大厅里。一个男人和一个女人,推着辆婴儿车,从他前面慢慢地走过。他没能看到车里的婴儿的脸。

　　背靠着墙,他坐在光滑得能照见人影的水磨石地上,不远处就是那一排排坚硬的塑料椅子。一个女人,周身黑色的,拖着旅行箱从远处走来,在这个区域的中央停下脚步。她拿着手机,反复拨打电话。好像就是之前在门口看到过的那个抽烟的女人。她显然不会注意到此时此刻还会有人在不远处注视着她的一举一动。

　　她的影子投在地面上,也是黑色的。她站在那里,手里握着手机,垂着。看不出她有什么焦虑的表情,面如止水。

　　他看了看自己的手机,马上就要没电了,随时可能自动关机。这也让他觉得轻松很多。那个女人仍旧站在那里,动也不动,像个玻璃钢材料的雕塑。在更远一些的电梯旁边,有个保安在注视着这边。后来,那个女人的手机忽然响了。她的整个身子都颤动了一下。她把手机放在耳边,然后走向门口。她的高跟鞋的声音回荡在大厅里,然后消失了。自动门一闪,一片黑暗。那个保安也不见了踪影。

　　现在,这个区域里只剩下他自己了。

　　他吐了口气。这时候,手机忽然振动了一下,自动关机了。不知道是有人打来电话,还是发来短信,总之是关机了。他感觉自己就像个充气人开始漏气那样,整个人都是软绵绵的……他能清楚地感觉到自己在变软,之前聚积起来的各种感觉都已挥发殆尽了。

又一次,他闭上眼睛,几乎立即就获得了一个空中俯视的角度,在很高的地方,远远地看到自己,坐在明亮而又空寂的候机大厅里,靠着墙,侧歪着脑袋,手里握着那个没电的手机,旁边立着那个很轻的旅行箱,在角落里。

他觉得自己的皮肤很干,尤其是脸,还有嘴唇。他有点想洗澡,也想喝水。他终于开始想着要离开这里了。于是他又重新打量候机大厅里的一切。远处有人在高声说话,可是听不清楚,只能听到回响。他有些遗憾地站了起来,四下里张望了一下。他在琢磨,或许是现在就离开这里,那么应该去哪里会比较合适?问题的关键是,手机没电了。他又没带充电器。要是能马上找到个充电器的话,哪怕只是能让手机重新开启,也是好的。那样他就可以马上打个电话了,现在也可以出去吃东西,约上那个陌生的女人,说不定她会愿意的。

忽然地,他觉得有一种力量正在悄无声息地把他慢慢地推出去,或者说,吐出去。而这里,正在缓慢地闭合,仿佛马上就会变成一个他再也无法企及的地方。他感到自己的身体一点力量都没有了,整个都是空的。他伸出手,轻轻拍打了两下自己的脸庞。他觉得自己似乎有那么一点说不清的伤感情绪,像一小朵云似的,就顶在鼻腔的顶端。他注视着它。

离他最近的那个电视屏幕上，正在播放晚间新闻。

台风的中心已经在浙江某地登陆，但并没有按照预测的路线向北行进，而是出人意料地转向了西北。在此之前，途经某个岛国的时候，造成了严重的灾害，有很多的村庄和城镇被洪水淹了，至少有十几万人无家可归。前方记者在大风中作着现场报道，竭尽全力地大声说着，风声不时遮盖了她的尖锐的声音。

最后，她还提到，在台风抵达这里的前一天，有十几头鲸，在当地最荒凉的海滩上搁浅了。

2014 年 10 月 23 日

公园

孩子们在湖边草地上奔跑着。到处都是人，把公园里都塞满了。还有很多狗在乱跑，在草地上拉屎，在树下撒尿，互相碰到就拼命地乱叫，浑身发抖，像要挣断绳索，引得主人也跟着叫。五月里，草木勃发，浓郁的气息令人有些眩晕。那些孩子满脸潮红，只要跑在前面的那个黑瘦男孩随意来个变速或转向，就会引发他们一阵尖叫。男孩的额头上满是细小的汗珠，他似乎能从周围人的眼光里获得某种动力。后来，他终于站住了，一屁股坐到草地上，长出了口气，身体后仰，双手撑在草地上，胸脯起伏。他眯起眼睛，好像在观察不远处的树梢上正在消失的余晖，双手在背后抓着湿乎乎的草叶。那些孩子松散地围着他，喘息着，不知接下来该做点什么。这时候，家长们开始纷纷召唤他们的名字，于是他们转眼间就四散而去了。空荡荡的草地上，只剩下他一个人。他盘起腿，嘴里嚼着几根草叶。天色暗了下来，把他变成了一小簇暗影。没人会留意他了，就好像他本来就不曾存在过一样。这时候,四周远近高低的建筑物忽然闪现无数晶莹的亮斑,在它们的映衬下,这个公园好像变成了黑暗的发生之地。

走在幽暗的树阴里,呼吸着草木的气息,某种微妙的松弛感忽然从体内深处悄然升起。她下意识地拉起女儿的手,继续不声不响地走在铺满石子的弯曲小路上。起初,女儿发现那个黑瘦的男孩没人理睬,为什么会走过去,跟他说话,就像他们早就认识?女儿并不是直接走过去的,而是若无其事地穿行在那些孩子之间,像在观察他们的表情,仔细听他们在说些什么,偶尔皱皱眉头,嘟起嘴巴,对忽然窜过的狗投以鄙视的眼神……女儿跟他都说了些什么呢?为什么会那么近?可她不想打破这黑暗中的宁静。公园完全被黑暗充满了,在这里,所有的事物都已变成暗淡透明的影子,它们彼此正在不断地渗透并融合。还没走出公园,她就觉得自己已把黑暗深深地吸入体内,但这是种错觉,其实是黑暗吸纳了她,像湖水接纳雨滴那样接纳了她,把她吸入深处。它是无限的,很快就把她融解了,它无所不在,无所不是,它也可以是她。可以回家了。

无论怎样,她都不会再争吵了。不是她要疯了,也不是妈妈要疯了,而是她们早就都疯了。她们是同病相怜的病人,住在同一个病房里,只不过都不相信这是事实而已。走在满是凌乱重叠灯光的马路边上,闻着浓重的灰尘与汽车尾气的气息,她眼神散漫地仰头望了望被路灯照亮的那些树冠。"说不定,在见到老妈时,我会伸出双手呢?"她自言自语道,"去抚摸她那张布满皱纹有些变形的脸,会热泪盈眶地拥抱她那过于壮硕的身体……可是这种时候,是不需要说什么的,想想看,当你面对一个死者时,你还能说什么呢?除了哀痛、怜悯,你还能有什么可以表达?"

这么多年了,令她绝望的是,可无论怎样,她都改变不了这样一个事实:妈妈总会追上来的,以各种各样的方式,就像小时候那样,不管你如何乱跑,最后总归会被那双瘦硬的手突然抓住。以至于有时她会觉得,自己就像是妈妈身体里增生的某一部分,她永远都不可能将自己割离出来,也永远无法真正成为那个肌体里正常的存在。哪怕只是这样想想,都会让她不寒而栗。

某种令人恍惚的平和与宽容,这是她在女儿睡着后的脸上看到的。在公园里,那个黄昏时分,女儿走向那个黑瘦的男孩时,好像忽然就长大了。男孩好像故意不看这个正在靠近他的女孩,而是越过女孩的头顶,去看不远处那些高大柏树上的麻雀。这里有很多人都认识他。以前都是爷爷带他来的,爷爷摆地摊,他就在周围玩儿。后来爷爷不来了,他就自己来。这孩子，太野了。他们不让自家孩子跟他玩儿。而他呢，则经常会带着古怪的表情，游走在那些孩子的周围，眼神里隐约着挑衅的意味。有时他会坐在没人的地方，对着一棵树或一块石头出神，有时候他又会忽然狂奔起来，在宽阔的草地上张开双臂，就像要起飞一样。周围的孩子们有时就会忘了家长的告诫，纷纷跟在他的身后，模仿他的姿态，疯跑起来，不时发出尖叫。

女儿好像并没有真的睡着。她仔细观察着女儿的小脸。已是夜里十点多了，她希望女儿睡得安稳，能经过好的梦境，抵达明天。这时候，女儿忽然睁开了眼睛，就好像此前她只不过是在闭眼睛琢磨什么事儿，"他说，他家里有很多玩具，装满了一个房间，他可以看它们，但不能碰，因为它们都是他爷爷的，他爷爷是卖玩具的，在公园里摆摊儿。他爷爷说过，他要是碰了那些玩具，就没人要了，他从来不去碰它们，只是看看。他经常在晚上悄悄跑到那个房间里，长时间看它们。他说他喜欢公园鱼池里的锦鲤，它们每一条他都认识，还能跟它们说话，它们也都听得懂。他听得懂它们在说什么……它们也会说话，用气泡，用尾巴，它们都是些话多的鱼，他都懒得跟它们说了。他说下次会教我跟鱼说话。这是个秘密。他还说，他可能不会在这儿待多久了，他妈妈要来接他了，要带他去南方，在海南，大海的边上，家的背后都是山，长满了大树，里面藏了无数奇怪的鸟，蛋都是彩色的。他说等我不在这里了，你要帮我去看看那些鱼啊，跟它们说说话什么的。"

　　天黑前，她带着女儿离开湖边的草地，准备走条曲折的路线离开公园。有个瘦小的身影，始终在不远不近地跟随着她们。后来她们站住了。她招手让他过来。他有些犹豫，但还是走了过来。她问他，有什么事么？他迟疑着，却并不看她，而是对她女儿说："妹妹，抱抱。"说完，他就张开了双臂。女儿想了想，表情严肃地走了过去，郑重地拥抱了他一下，随即又退回到她身旁。男孩说："谢谢妹妹。"女儿说："不用客气。"他站在那里。她尽量走慢些。黑暗里，树木掩映间，走不出几步，他就看不到她们的背影了……她感觉所有的树木都在低垂下来，就像河里的水草那样，柔软地摆动着，不时掠过她的脸庞。女儿说完那些话之后，似乎忽然就困了。她终于还是问女儿了，"那你又对他说了些什么呢？"女儿眼光蒙眬，"我就是跟他说啊，你以后不要跟他们瞎跑，你又不是小狗，自己玩儿好不好么？他就说，好。"

　　她喜欢这个公园。买这房子，就是为了这公园。那时的公园里，有刚挖好的人工湖，挖出的土方又堆成了小山，种了很多树，品种繁多，还有更多的植物和树苗陆续运抵这里。她几乎是这座小区里最早入住的。她的房子只做了最简单的装修,除了床和一些书,什么都没有。有很多天,她几乎不吃晚饭。那种肚子里空空荡荡的感觉,跟这房间的感觉很是匹配,有时候她甚至会觉得,这房子,就是她自己。她不能忍受任何有可能会带来家庭氛围的东西,她要的只是空的空间,其他的她什么都不想要。前夫认为,这能证明她精神有问题,还有反社会倾向。"我就是想要一个自己的地方,"她对他说道,"还要有个公园。"她不动声色地盯着他的眼睛,直到他把一句原本想喷到她脸上的话慢慢地咽回去。

每天下班后,她哪里都不去,换好睡衣,就坐到飘窗那里抽烟,看下面正逐渐生成的公园。后来,等公园里的路径都铺好了,她下班后回来的第一件事就是去散步。那种未建成的状态,真的很让她着迷——弯曲的路径穿行在各种工地之间,经过散乱的建筑材料,绕过在建的亭子、回廊、拱桥、鱼池、花圃,走着走着,忽然又看到了一片完整的树林,或是一座突兀的假山,几株正在开花的丁香树。有时回来晚了,她就坐在窗前,借着公园工地上散落的灯光,尽可能仔细地观察公园里的各个地方,哪里发生了变化,就在那个已画了很多观察草图的写生本子里补上几笔。她小时候学过两年画画,长大后也还是喜欢艺术,但大学读的却是财会专业。就像不知道为什么会跟那个男人结婚生孩子一样,她也不知道自己为什么会变成了会计……或许，就像个落水者无暇顾及上岸处的风景，而只能就近上岸。每天晚上，在这空荡寂静的房间里，会觉得时间正在变得越来越缓慢。她沉湎。过去那么多年里，她所缺的，就是这种缓慢的状态，因为她总是像在不断逃亡的途中。

有天下午，正准备出国的弟弟，带着那个表情古怪的女友到单位里找她。他告诉她，要是再不接老妈的电话，她就要到北京来一把火烧了你的房子。她并没有回应这个，而是问他为什么非要出国？"因为不知道该做点什么，"弟弟淡定地答道，"出去看看再说。"他把房子卖了，工作也辞了，带着没工作的女友一起补习英语。说话时，她注意到他的鼻尖在冒汗，就问他身体怎么样。他不以为然地继续说道："不出去也可以，但也没什么意思，所以还是要出去，到时候再说吧。"后来，他提出去看看她住的地方。她犹豫了，那里只有一张床，连把椅子都没有，坐都没法儿坐，过段时间吧。"无所谓了，"他说，"那是你的事，我就随口一说……我知道你在哪个中介买的房子，也查得到你的地址，只不过我懒得管而已。"她把他们送到外面，在路边又站了一会儿，彼此都没再说什么。弟弟的小女友，那个长得像个卡通人物的姑娘，才十八岁，从始至终都一声不响并且面无表情。

那个公园,忽然就完工了。因忙于工作,她有一个多月没怎么留意它。那个周六的上午,她拉开窗帘,看到它竟已完整地呈现在光天化日之下,确实有些意外。令她震惊的,是它的丑陋。它被塞满了。施工方购置的树木远远超出了需要,干脆就都种到了公园里。到处都是彩旗飘飘。东南角还搞出了个游乐场,里面有缩小型的摩天轮、旋转木马之类的东西。最可怕的是,公园里挤满了人,那些塞满人流的路径,有点像人的血管图,看着看着,就会有种要窒息的感觉。此前那种微妙的期待,已不复存在了。这个公园看上去是如此的不可理喻,让她一时间竟不知该如何面对它。她能做的,似乎也就是把那个画满图的写生本子丢到垃圾桶里。

从来不给人打电话的老爸,忽然给她打来了电话。对于这个老实木讷的男人来说,平时最简单的说话,都是件奢侈的事情。他最令人惊讶的能力,就是在任何情况下都能若无其事。他就像是个完全封闭的人,没有任何与人交流的需要,也没有表达情感的需要。可你见到他时,就会觉得,他像一个柔软的抱枕。他的声音平缓温和,客客气气,"妈妈身体不大好,"他说,"想念你,也想念孩子,最近又伤了手臂,而你又不接她电话……"她默默地听着。后来,他也沉默了。过了一会儿,他才继续说道:"也不是你想象的那样,毕竟她也是个老人了。"她忽然觉得,他可能要挂断电话了。

最后的这点沉默，其实也是很难熬的。

公园是开放式的，没有围栏和墙。有些天，她尽量不去想这个公园。即使从地铁站出来经过这里，她也不会进去转转。随着时间的推移，她发现，其实除了周六周日，每天的清晨，平时公园里人都很少。尤其是晚上，七点多以后，除了少数遛狗的，基本上见不到几个人影。她不喜欢狗。搬到这里后，她曾想过养猫，但也只是一闪念而已。她无法想象自己能忍受一只猫，无论是它那慵懒的日常，还是传说中的发情期，以及不得不阉掉它，等等。不过她倒是能理解养猫的人。她厌恶的，是那些养狗的，那些牵着狗到处乱跑的，那些给狗穿上衣服的，那些被大狗拉扯得摇摇欲坠的，那些牵着狗聚在一起任由狗们乱叫的。她能容忍遛猫的人。当然了，从来都没人会遛猫。平时在公园里出没的，多数都是野猫，它们无一例外的眼光诡异，令人不安，但她并不讨厌它们。她受不了的，是那些定期给野猫留下猫粮的人，这帮人骨子里永远有种无法遏止的想当然。

湖水在夜晚里是闪光的。外面的那些高层楼房里的灯光，在这里看起来有点过于明亮了。它们投射到了水面上，融合在一起，像水银。湖边的草地里，散发着湿漉漉的气息。站在湖边那条弯曲小路上，她注视着那银光闪闪的湖面。有人在向她这里走来。或者，是有人在朝这里观望，在她看不清的不远处，在树林的暗影里。她听着。过了一会儿，就听到了狗的喘息声，由远及近。一个人，一条小狗，从树林里走了出来，绕着草地，向她这里走来。那是个瘦高的男人，四十几岁的样子。她下意识地向路边跨了一步。他却站住了，打量着她。

"我见过你，"他说，"你有段时间没来这里了，以前这里一片乱糟糟的时候，你好像每天都会来，在这里转悠。"他甚至还知道她住哪个小区，哪个楼里的哪个单元，几零几室。她面无表情地注视着他。她是背对着湖的，所以他看她时是逆光的。他用力拉住那条小狗，呵斥它别动。

"我在地铁里碰到过你，"他说，"我知道你下班时是在哪站上车，我比你远多了……你每天早上出门的时间，几乎是固定的。但你睡觉的时间是不确定的，经常睡得很晚，还喜欢在夜深时抽烟。"

她打断了他，以镇定而又缓慢的声音说："你见过自杀的人么？或者说，你见过正准备自杀的人么？为了这样的时刻，这个人，会酝酿一段时间，就像在等什么东西完成发酵……然后，会进入异常安静的状态，慢慢地清空，身体里的，脑子里的，最后，会以一种完全归零的状态，无声无息地离开这个世界……想象一下，会是什么样的感觉呢？"显然，他被吓到了。

秋天到来之前,她跟失联多年的老同学 Y 恢复了联络。在电话里,她们聊了很久。她们同城,却像是在两个世界里。Y 在大学里做老师,老公是同事,他们每天一起上下班,一起买菜做饭,然后一起看电视,上上网,再睡觉,时间几乎是完全重合的。直到放下手机,她才忽然意识到,在刚才的聊天里,自己竟下意识地把 Y 的老公跟那个大学时的男友弄混了。她在微信里对 Y 说,我现在的记性真的太差劲了……但后面的话,被她删掉了。在电话里,她描述了自己这些年的境况,从莫名其妙地结婚,到生了孩子然后突然离婚,净身出户,然后又买了房子,过了一年多的单身生活。她还讲了女儿在那一年里所经历的完全被人忽视的状态,她的前夫有了女友,前夫的父母都不喜欢孩子……但让她下决心的,却并非这些原因。

"你真不要笑话我,"她说,"我知道你会觉得我思维古怪,会突然脑子跳线……说实话,我得感谢那个在公园里遛狗时跟我搭讪的家伙,当然,我把他吓到了,他以为我是个要自杀的人。回到家里,坐在黑暗中,我就在想,他就像一颗炸弹,把我炸醒了……我先是告诉我前夫,必须由我来抚养女儿,没有什么可商量的,就是倾家荡产打官司我也要这样。然后我又给我妈打了电话,请她和我爸到北京来,跟我一起生活,帮我照顾女儿。在打电话的末尾,我突然就情绪失控了，痛哭了起来，我说，我不能就这样一个人去死。"

"没有人愿意就这样一个人去死。"Y沉吟了片刻道，"跟你比起来，我的生活，每一天都是一样的。"她刚想抗议说，你已经是幸福本身了，还要怎么样啊？！电话却断掉了。

后来，Y在微信里说，刚才在电梯里没有信号，等见面再细聊。其实，她还有很多话要说……她把女儿接回来，她爸妈也到了，没过多久，一切就急转直下……她妈要掌控一切，而她则完全拒绝。她已经筋疲力尽了。她妈妈认为："你最大的本事，就是把所有能搞砸的事都搞砸。从小到大，你就算犯错误，也是那么的平庸。我来这里，只不过是可怜你。"

在她们这样对峙的时候，她老爸正带着外孙女在公园里游荡。等她到公园里，找到他们，发现老爸的神情就像在梦游似的，而女儿则已困得眼睛都要睁不开了。实际上，结束跟Y的通话之后，她就在想，见面的时候要是说这些事，又有什么意思？那又该聊些什么？去感受一下Y的幸福状态，请她分享些幸福经验？幸福哪里会有什么经验，只有不幸才会有经验。或许，她可以跟Y探讨一下另外一种可能性——尽管这种可能性在眼下还是微乎其微的。

让她有些意外的是，Y画了浓妆。不是画得很妖艳，而是把脸画得很白。那个周六的下午，在地铁出口碰面时，她们其实都有些意外。她们几乎同时笑了。

"我们都太郑重其事了。"她说。

"是啊，"Y也无奈地说道，"就像出席外事活动一样了，结果弄得差点都认不出来了。"

来到地铁站外的阳光下，她们又忍不住互相打量了一会儿。她们有六年没见了。没错，就是六年。她是三年前离的婚，而Y是三年前结的婚。多么奇怪的巧合。她忍不住责怪Y，结婚了也不说一声。而Y则平静地说道："实际上，你不知道，我结婚的时候，没有通知任何老同学，也没有告诉朋友，只有我父母参加了我们的婚礼……"

不过那天在婚礼上，真正让Y意外的，是他公开坦白了自己暗恋Y很多年，从某年某月某日开始，到结婚那天，一共是多少天，这种精确性所代表的感情深度，赢得了热烈的掌声。尽管有些尴尬，但Y觉得自己当时还是或多或少被触动到了，甚至哭花了妆，实际上却根本不知道自己为什么而哭。

"你那天说我是被幸福击中了，"Y又说道，"幸福得没有任何心理准备，我也只能礼貌地说是的，但实际上，我给不出任何答案。这是种很奇怪的状态，我感觉我的一切都在那一刻被悬置了，在不可见的半空中。"

在一家安静的咖啡馆里,她们坐在角落,挨着窗户。外面午后的天光刚好映在了她的脸上。Y 坐下之后,又一次仔细地打量了她一会儿,当时她正下意识地看着外面过往的行人。咖啡馆里面是有些下沉的空间,她朝外看时,是有些向右侧上方仰视的,而行人看她,则是有些俯视的。

"你看,"她对 Y 说道,"他们,所有路过这里的人,都好像走在我们的上方,看他们走过去,我们好像在慢慢下沉,就像在船的底层舱里。"

Y 注视着她,没说什么。她们已渐渐恢复了彼此熟悉的感觉。

"来,跟我说说吧,"Y 若有所思地说道,"说说你的那个公园,还有你的小女儿,再有就是,你妈真的像你说的那样么?你为什么会觉得自己陷入了一场自编自导自演的悲剧里无法自拔?哦,是不是觉得我有点像个记者?等你讲完了,我们就该去吃饭了。等吃过饭,我们就到我家里去喝茶……可能我会把我的那些幸福故事,都告诉你。"

她并没有像 Y 所希望的那样,把自己这一年多以来经历的都讲出来。在地铁站出口那里见到 Y 之后,她就知道自己恐怕什么都讲不出来了。她想跟 Y 说的,其实早都在电话里说完了。注视着眼前那杯美式咖啡,她还是说起了跟那个公园有关的事,比如,她扔掉的那个写生本子,她在里面画了上百页的图，有点像地图，又有点像风景区的示意图，里面还有些文字，记的都是树木花草的名字，来自哪里，有什么特征。

"你知道么，"她说，"在那段时间里，我最喜欢读的一本书，竟是惠特曼的《怪人日记》！我完全是误打误撞地发现它的……书到了之后，我随手翻开它，那篇只有两页的短文瞬间就打动了我，我想不起它的名字了，可能只是个日期，他就像写日记那样，写某天下午他在原野上看到很多盛开的野花，然后就认真地记录下它们的名字，好像有七十多种……我被震惊了。然后我就每天都去那个公园里，记下新出现的树木花草的名字，再到网上搜到它们更具体的资料，抄录到本子里。"

Y注视着她的眼睛，偶尔点下头，就好像能在她眼睛里看到那个公园的全部。

暮色降临，她们在一家店面狭窄的日料店里吃饭。

她们都吃得很少，也很少说话。不到一个小时就结账了。来到外面，站在马路边，她点了支烟。Y也从包里掏出来一盒细枝香烟，烟蒂是蓝色的，看那点烟和抽烟的样子，就知道早已不是新手了。她问Y什么时候开始抽烟的，Y说是结婚那年。她想了想说，我好像也是。那个小区里，树

木很是繁茂。Y去按楼道门密码时,她忽然对Y笑道:

"你无法想象我有多健忘,那天跟你打电话,我把你的前男友跟现在的老公弄混了,当成同一个人了……"

门开了,她们进去。进了电梯,门关上后,Y才说道:"是么?"

Y的这套房子,跟她的那套几乎是一样的。

坐在客厅里的沙发上,她发现两个房间的门都关着。Y进了左边那间,关上门,把衣服换了,然后出来去洗手间,要把妆卸掉。她坐在那里安静地等着。Y在里面待了好长时间。

等Y从洗手间里面出来,经过她的旁边回房间时,她忽然看了眼Y的脸庞,随即就愣住了。Y若无其事地走了过去,说你要不要去趟洗手间呢,要是不去那就等我一下,等我好了我们再接着聊。她就站起来,去了洗手间。从里面出来时,Y已坐在了沙发上。

"这是书房吧?"她指着另一个房间问Y。Y正在泡茶,听她说话,眼睛都没抬,"是他的房间。"

等她坐在Y的身旁,茶已泡好了,每人一个绿瓷小杯子。

"估计你刚才一定是被吓到了,"Y说道,"被我脸上的疤痕,还有我跟他是分房睡这件事……不管怎么说,也都不像是幸福人家会有的事，对吧？"

她愣在那里，一时不知道该怎么接这个话了。

"我觉得，我们有点像，都犯了错误，只不过我呢，是一次就错到了极致。之前，你提到我前男友，这事情，确实也跟他有关系。就是那年的春节前，他忽然不辞而别，去了美国，然后就再也没联系我。后来，我通过在纽约的朋友，几经周折才终于联系上了他，得到的答案，就是一封不足百字的分手邮件。接下来，没过多久，纽约的朋友就告诉我，其实他在纽约早就有个女友了。然后我就崩溃了。很彻底地崩溃了。差不多有半年多，我对整个世界都失去了感觉，甚至包括嗅觉、味觉。当然，也就是这个时候，他出现了。当然，他一直就在，在我附近。从高中开始，他就在那了。我从没意识到这一点，就像我从没喜欢过他。在陪伴了我差不多一个多月之后，有一天晚上，他就跟我说，我们一起吧。后来我就莫名其妙地同意了。结婚后，我们过了半年多的好日子。是好到近乎虚幻的好日子。我的意思是，在那半年多的时间里，我们成功演绎了什么是恩爱夫妻和幸福生活。学校里的人都说，这就是真正幸福的经典案例。"

Y沉默了片刻，在那个小茶壶里重新注满了热水。然后，继续说了下去。

"后来，我发现，自己根本不能对他产生兴趣。这样说当然很残酷，但我不想说谎，因为这证明我这个人够愚蠢。有一天，我跟他说，我们还是离婚吧，我觉得，我在犯罪，我有罪恶感。他愣在那里，说不出话来。我只好告诉他，无论是在精神上，还是在肉体上，我都已经是个死人了……我根本做不到像个正常女人那样跟他睡在一起，跟他自如地亲热，更不用说跟他做爱生孩子了，这让我特别的痛苦，每个晚上都是煎熬。我们离婚吧。他拒绝了。我说你是在跟一个死人生活啊，有什么意思呢？说了半天，他也只同意分房睡。后来又过了些日子，他忍受不了了，有天半夜里撞开我的门，冲进来把我压在身下，我当然就下意识地挣扎起来，不经意间，他就打了我一个耳光，我没有躲，那一巴掌打得很响，也很重，把他自己都吓到了。他慌乱地道歉，我抓住他的那只手，让他接着打我的脸，用力打。他突然凝固了似的，盯着我，眼含泪水。过了一会儿，他不声不响地甩开我的手，爬起来，退了出去，把那撞坏的门关上了。

"我当时是想，要让他不得不跟我离婚，就得让他放手打我。那天晚上我们都失眠了。我能听到他一次次来到客厅里，坐在沙发上，把电视机打开，又关上。第二天一早，我洗漱完毕，穿好衣服，站在门厅里，等了半个多小时。他从房间里出来，眼睛里都是血丝。晚上下班时，我们也跟以前一样，一起回家。

"后来有天晚上,他在外面喝了很多酒,回来后,就冲进了我的房间,盯着我,什么都不说。我知道他想干什么。他说,你就是死,也要拉个垫背的,对吧?我说,对不起。他说,你把我彻底毁了。我跪下了。他忽然发出古怪的笑声。没等我看他,一巴掌已打到了我的脸上,他几乎是闭着眼睛在乱打,直到我被打倒在地。听着他慢慢地退出去,我忽然有种异常轻松的感觉,就像还清了第一笔多年的债。那个晚上,我基本上没睡,一直在用冰块敷脸。早上八点左右,我给自己化个厚妆,这样就看不出脸上的伤了。半个小时之后,我等在门厅里。等他出来,我们一起去上班。从那以后,他动手打我时,就再也没有什么顾忌了。我原本以为,等他打得差不多了,我欠他的感情债也就还清了。可是有一天,当他异常冷静地跟我提出,我们离婚吧。这个时候,我却出乎他意料地拒绝了。他完全无法理解我在想什么。我说,不。他简直要疯了。他把好多东西都砸了。后来,他干脆就给我跪下了,说求求你,放过我吧,念在我们夫妻一场,不要再折磨我了,我要疯了,马上就疯了。我看了他一会儿,什么都没说,转身回了自己的房间。然后,我听到他在客厅里低声哭泣。过了很久,他又开始砸东西,把几个玻璃杯子都摔碎在地板上。"

"这就是那天晚上的后果。"Y指了指脸上的疤痕说,"他把我从房间里拖出来，摔倒在地板上，然后就不停地踢我，最后看我不躲了，就用脚踩在我的脸上……这时我才发现，他是光着脚的，脚底上都是碎玻璃。他的血慢慢地流到了我的脸上，跟我的血混在了一起……他用非常怪异的尖锐声音对我说，你快点答应我，我们明天就去离婚！你肯定想象不出，在那种状态下了，我仍然能够努力地做出拒绝的样子。我动了动头，就是摇头的意思。他又一次痛哭了起来，接着就光着脚，打开家门，跑了出去。当时我想的就是，不，我是不会跟你离婚的。"

她从Y的家出来时，已是夜里十点多了。Y送她，就在她进入电梯时，Y的手机响了。那手机里是个男人的声音，他说他再过一会儿，就到家了。在电梯门关上的瞬间，她听Y说，好。

楼下的小区里黑乎乎的，她几次走错了方向。最后还是遇到了一个骑自行车的保安，才把她带到小区门口。她叫了辆出租车。上车后几乎马上就睡着了。她困极了，甚至都没去理会Y发来的微信：到家后告诉我。等她再次醒来时，出租车已停在小区门外了。下了车，站在小区门口，她有些恍惚。进了小区，来到了自家楼下，她想了想，又继续往东走去，要是东侧边门还开着，她就去公园里散会儿步。她觉得此刻自己脑子有些清醒了。

　　小区的东侧边门确实没锁。从这里出去，穿过马路，就可以进入公园。过马路时，她的眼睛被路灯光照得有些发花，直到进入公园的黑暗里，才恢复正常。

　　秋天要到了，公园里的植物气息忽然没那么浓郁了。她甚至可以一边走着一边辨别哪种气息来自哪种植物。她听到手机上传来的微信提示音，但并不想看。她在黑暗里走着。她努力回想着之前记录过的每种植物的样子和名字，以及确切的位置。每当她认出了其中一种时，就会觉得很开心。

　　后来，她来到了湖边的草地上。湖的另一边，那些高层建筑的灯只有五分之一还亮着，这样湖面上的光就变成了星星点点的了。有只野猫，坐在草地的中央。她穿过树林时，它就在那里了，还扭头望着她。她远远地看了会儿它，就原路返回了。

　　走在幽暗的林阴小路上，她想起明天就是周日了。昨晚她答应过女儿，周日下午，她会带她到公园里来玩儿。看这天气，明天公园里肯定会有很多人的。今天出门时，她从妈妈的眼睛里发现了一些异样的迹象。此时此刻，她在想的是，回到家里，要是发现妈妈还没睡，她就会轻轻地拥抱一下她。等她终于回到家里时，却发现爸妈和女儿都已睡得很熟了。

她没有开灯,摸黑来到自己的房间里,脱掉衣服,坐到床上,点了支烟。她在黑暗里坐了很久,感觉自己确实就像个淡薄的影子,而并不是一个真切的有生命的实体。后来,她躺了下来,盖上薄薄的被子,仍然在那里睁着眼睛,看着黑暗中的天花板。她知道,那只莲花型的老式吊灯就在那里悬着呢,可她就是想不起它是什么样子了。她还不想闭上眼睛。或者说,她有些害怕闭上眼睛,她怕自己睡着之后,就再也不会醒来了。

2019 年 3 月 3 日

凤凰

1

暴雨尾随着飞机降落。

刚从摆渡大巴上下来,累积多时的浓重云层就崩溃了。笔直的雨道密集地扑到大厅顶棚和玻璃幕墙上,发出"轰"的一声闷响,无数暗白水花在玻璃上碎裂,化作千万条模糊扭曲的水流迅速滑落……就这样,又过了几分钟,中央空调发出的冷气流里的雨气才渐渐闻不到了。

等雨稍小些,透过玻璃幕墙,就能看见那架飞机,正闪着幽红的翼灯,在尚未散尽的雨雾中缓缓移动,像个幻影……它准确地对接了那个登机通道,又好像随时都有可能消失在那里。

现在,他独自一人了。而他左脚踝下方的韧带又在隐隐作痛了,一直辐射到头顶右侧的某处发根,不时轻微地跳痛,仿佛有根极细的金属丝自下而上贯穿了身体,它是深红的，而他是柔软的深灰，在那灼痛的末端，是深红对深灰的纠缠。

他曾有过一个奇怪的梦，在高大空旷的厂房里，他发现自己躺在歪斜了的破旧铁制长椅上，整个人都光着身子，身上涂满了油漆，前面是紫色的，后面蓝色的，只有眼睛是没被涂上的。正当他茫然而又焦躁的时候，忽然听到有人在他耳边低声说道："你到底还是被淹没了……"

2

他站起来，随手把电视关了。

收到那几个短信时，那个香港的国际频道正在转播法国人在大西洋搜寻失踪飞机残骸的实况，那片海域离巴西很近，估计活人是找不到了，黑盒子也找不到了，再者说了，就算找到了也没什么用，那些倒霉蛋儿又不可能借它还魂，说到底，它的功能其实就是航空公司预留给自己的一个填空题：因为所以，很不幸，飞机坠毁在大海里，无人生还是正常的。就好像那个黑盒子能盛下所有亡灵并保证送抵天国似的，比起那架航机，它当然更保险，不会出任何意外。是啊，飞机上的所有物件都是神圣的。人迟早都得栽在那些神圣得没用的东西上的，只是时间问题。

滑腻的雨。降雨带在南移，预计明天抵达南方某地，而这里，已处在它的尾部了。

旅馆的院子里，那些夹竹桃的白花瓣落了满地，但枝头仍留有很多花朵，看上去就好像一朵都没掉过似的，直到有风吹过，才会有花瓣忽然脱落。这种有毒的植物自有其可爱之处。白天里，经过一个街角时，看到从墙头探出的枝叶茂密的粉白相间的夹竹桃花，像一群少女簇拥在那里，笑着说话，没有声音……她们不漂亮，但鲜活，远远的，妩媚地笑着，摇摆身姿。小时候，他家后院就种过几株夹竹桃树，夏天里，密密的白花在闷热的气息里散发出古怪的香味。

那个小姑娘在床上睡着，把自己紧紧裹在毯子里，像个大蚕茧。他也有这个习惯。出了会儿神，他又回到了阳台上，关上门，抽烟。偶尔回过头来，隔着纱窗看一眼房间里，然后再掉过头，把一个烟圈吐到细雨里。一点风都没有。那烟圈在空中停留好一会儿。看不清墙上的石英钟。手机丢在了床头柜上。至少在天黑以前，他哪都不想去。

3

"我坐上大巴了，在最后一排，车里的味道很难闻，什么东西烂掉了……那只戴眼镜的兔子，还在你的电脑屏幕下面倒着。我要不提醒，你也不扶它，这么个粗心的人啊，拿你怎么办呢？"一个接一个的短信，他逐一打开，"没办法了，别人会怎么看你呢？刚才那雨下的啊，真是惊心动魄，也真是好看，铺天盖地的，什么都看不到了，水汽从车的缝隙里涌进来，会让你以为雨穿透了玻璃……我估计你那时没准儿正在哪里发呆呢。呃，现在，你睡着了没？"

接下来的短信，篇幅是越来越长。

"我想到了你的那些女人，说过的，没说过的，都让我想到了，就好像我不是自己出来的，而是跟一个旅行团出来的，她们就在我身旁，坐在同一辆大巴里，去同一个旅馆，在同一个餐厅里吃晚饭，然后住在同一层。有那么一会儿，我甚至觉得她们中的某个人还会跟我住在同一个房间里，我们若无其事地说着什么，当然唯独不会说到你……挺搞笑的吧？我猜你的表情一定是不屑的，自以为是的家伙，你千万不要以为我的脑袋被雨淋过了，我目前的思维和感觉都处在极其正常的状态，不，应该说是最佳的状态。另外啊，我不得不遗憾地告知你，到目前为止，还没有任何艳遇，连半点迹象都没有出现过……还有啊，之前有那一个瞬间，我忽然有些恍惚地看到，你正坐在自己家里的沙发上，而你的脑袋上面，有个很大的乌鸦窝，里面有好几只小乌鸦，它们在叫着……呀呀呀呀的，哎呀。"

4

旅馆后面，那个低矮偏厦的窗台上，蹲着一只猫，黑色的。

屋檐上溅落的细微雨星不时会令它眨下眼睛，然后眯上一会儿，再睁开，盯着雨中的什么地方。他不喜欢猫，但偶尔也会对这东西有点好奇。从眼神里就能知道，它有太多的不确定性，冷漠、疏离、傲慢，就算是它弓着身子，贴着你的腿，跟你温柔亲昵，你也感觉不到有多少亲近的意思，那表情，一点都不靠谱。这东西天生就知道如何避免跟人产生任何感情关联的可能。她们当然不会这么认为了。她们偏偏都喜欢猫，就像喜欢隐秘的情人，还会故意露出若无其事的样子，只有在她们的手指头陷入猫毛里的时候，眼神里才会流露出那种贪恋的光，实在是有些不可理喻。不管怎么说，它都是世界上最不可靠的一种生物。

"尤其是晚上，冷不丁的，看到它弓着身子，停在墙头上，保持着之前的那个抬起左前腿要迈没迈的姿势，用那双发着绿光的眼睛盯着你，你会有种瞬间就被什么冷冰冰的东西击穿了的感觉，为什么会这样呢？所有的家养动物中，猫是唯一没有真正丧失野性的，它隐藏得比较深，很深，谁也不能摸准或猜透它的心思。它真的会有心思么？"

这雨估计晚上也不会停。发完短信，他把手机丢在桌子上，坐到沙发上，随手拿起那本旅游杂志翻着。里面的图片过于精致了。湖水都是碧蓝的，植物都像梦境里的，提到的那些一生里必须要去的好地方，他永远都不会去。他厌恶任何"必须"。他不喜欢旅游。他不喜欢出门。为了一个所谓必须去的好地方，去承受旅途中那些无聊的麻烦实在愚蠢之极。就像现在这样随手翻翻杂志，对着那些美得失真的图片想象一下，也就可以了。

不是有人说过么，"我每天都在自己的房间里开始漫长的旅行，从未停下过，而我已经走得太远了……"

听起来不错，但也还是有点矫情。旅行永远是不可能的事。你就是那么一个微不足道的点，哪都动不得，唯一可能的，就是把这个点弄透，变成一个黑洞，让自己掉进去，说不定就到了另一个世界里。他做得还远远不够。不然也不会像现在这么尴尬了。

5

他们是下午四点多到的旅馆。前台登记时，小姑娘就站在他身旁，不声不响地看着服务员扫描他的身份证。他的表情过于严肃了。这家网上订的旅馆比想象的要干净,尽管装修庸俗,可待上一会儿习惯了之后,还是会有种温馨的感觉的。服务员对小姑娘笑了下,然后把身份证还给他,包括房卡和两张早餐券。

他们来到电梯前,看着红色的数字迅速变化。电梯里,电镀层光亮如镜子。他看着。她也在看。她坦然得让他有点奇怪。但反过来说,她有什么可不坦然的呢?他们认识有一年多了,她还在他家里住过多次。电梯的速度不快也不慢。走廊很长,光线暗淡,所有房间的门都关得紧紧的,就好像整个走廊都是为他们而准备的。

"像个秘道。"她诡秘地笑道,露出不很整齐的小白牙。

房间在走廊的尽头。

里面不大,主色调是白跟黑。这方面南方人似乎要明显更讲究一些。这是他头回到上海。从机场到旅馆路上,在大巴里,他仔细观察着沿途的街景和行人,还有来往的车辆。

这是座充满弯路的城市,没有哪条路是直的,它们总是在弯曲交叉着,编织生成了一个过于巨大的城市,他甚至能感觉到它那缓慢而沉重的呼吸……当然,这只是最初的印象,后来他还会发现,这其实并不是一个城市,而是一堆城市,它们只是莫名其妙地聚到了一起,却又没有任何彼此兼容的意思,也无法分开,因此无论去哪里都会感觉很远。

6

  车里的空调很冷,但车窗玻璃是温的,上面布满了雨珠,随着车子的摇晃,不时向下滑落。小姑娘一直靠着他昏睡。在飞机上就是这样。这次带着她出来,到这么远的地方,其实多少还是有点不够理性。很明显的,她说了谎。否则她父母怎么可能让她跟他出来?她不是老早就说过么,他们很少会关心她的事情。这可能仍旧是谎话。她十四岁了,再过两年,她说她就是个成年人了,想去哪就能去哪了。

  她在上海还有几个网友,据说是都很想见她。她也想看看,他们都是些什么样的人。他们都挺可爱的,她笑着对他说。可能都把她当成不良少女了吧,就是随时可能会离家出走的那种,然后就跑到了这里,让他们收留一下。她给他们发了很多自拍照,还特意画了娇艳的浓妆。自拍是她平时唯一觉得还算有点乐趣的事。他不明白她为什么非要画什么娇艳的浓妆呢?她诡异地笑道,那样才能引起他们的好奇心啊!

  他不想让她单独行动。实际上,他现在也不知道这事会如何收场。甚至有那么一会儿,情绪忽然低落时,他觉得此行实在是有点无脑,全无新意,究其根源,都是因为最近一段时间的无所事事，甚至是因为这场过于沉闷的雨，那个移动缓慢的降雨带。类似的理由还有很多，一个人么，什么都做不成的时候，也就只剩理由了。所幸他最近一年来记性是越来越差了，想不起来的事情也越来越多了，那些被他遗忘的东西多到一定程度时，就会产生杠杆作用，把他整个人都撬起来，停在半空中，好像就等着风干了。

7

平时他很少外出。除了上班时间，通常他都会待在家里。当然那些实在推不掉的朋友聚会，他还是要去的。在朋友中间，他并不是个难以接近的人，相反，他倒是颇能说出一些有点意思的事，引别人不时发笑。这是另外一个他。他不喜欢这个他，但也说不上讨厌。

他最大的爱好，就是收集各种解放前的老照片、老邮票、旧书、旧报刊和老唱片。他的客厅里，有几个木制的架子，专门用来存放那些装满照片、邮票的纸壳盒子，而那些书籍报刊则整齐地堆放在靠墙的地板上，前后堆了两层。他并不觉得自己算是什么藏家，因为他从不会刻意去四处搜寻这些东西。他能做的，只不过是偶尔在路过一些旧书店或旧物店时，转进去随意看看，碰到有意思的东西，就买回来。

他只是跟着感觉走。它们是他生活的一部分,这就是它们的价值所在。

他还喜欢收藏各种各样的酒瓶子,这些东西把靠近阳台的那个木架子摆满了。他家里就这样被各种东西塞得满满的。他喜欢这种放眼望去到处都是东西满满的感觉。东西过多,还有一个原因,就是他懒得扔掉那些没用的东西,比如饮料瓶、可乐罐、啤酒瓶、空盒子,他都会留着,塞满了床下,堆满了窗台,最后是阳台上……当然他总是会把它们摆得整齐一些。还有很多废纸,堆满了角落。每天早上起来,或是晚上回家,看到这些东西,他会觉得心里踏实。他不喜欢空落落的房子。

8

从机场出来,又下了阵急雨,还起了风。这趟大巴超载了,过道上都站满了人,让人透不过气来,尤其是那种难闻的人味儿,让人头大。她醒了一会儿,伸出食指,轻轻碰了碰那缓慢渗出的水流,指头上闪着湿漉漉的光泽。

一个多小时后,大巴才能到那个码头。然后要坐船,半个小时左右会到达那个岛。不知道这样的天气里还会不会有船。她有些困了,就睡了一会儿。醒来后,她就在那儿看手机。在他发来的短信里，他说走之前，自己一直就在他家附近的茶楼上窝着，然后他又说起那个特别的邻居，那个正在读初三的小姑娘，整天都是寡言少语的……她唯一的爱好，就是不时钻到他家里，翻看他收集的那些乱七八糟的东西。心情好的时候，她还会帮他把那些弄乱的东西稍微整理一下。

她的父母都是生意人，每天都有做不完的生意，没时间管她，所以就让她去读那家收费昂贵的寄宿学校。她会每周回家一趟，跟父母在外面聚餐一次，然后他们就不管她了。回到家里，她就自己待着。她看起来很乖，并不是那种喜欢到处乱跑惹是生非的女孩。她会弹钢琴，会唱歌，就像很多有钱人家的孩子一样，是早早地就被送到音乐老师那里煎熬过的，她觉得这是自己干过的最恶心的事了。有时候，在他家玩得晚了，而父母又没回来，她就会毫不客气地住下。他睡客厅里的沙发，而她呢，则睡他的大床。有时她还会要求他随便找本书，在客厅里读一读，门开着，这样她在里面听着，才能睡得安稳。

在短信里，他还谈到他妈妈的病，老年痴呆吧。可是他不愿多谈那个跟他通信的女人的事。他喜欢没事时看那张从网上买到的那个城市的地图，那是她的城市，那里有她的街道。他把从卫星地图上下载到的一些街景图片放到了屏幕保护上,还会不定期地打印出来一些,贴在墙上,还有房门上。他从没去过那里。他想去那里。一直都在想着。那个女的,今年应有三十岁了。他们认识时,她还很年轻,二十三岁。据说是个沉默的好姑娘。他讨厌话多的人。话多的人都是没心没肺的。总是说得太多,说明这人就是个空壳,天生的性冷淡。这话说出来是会令人尴尬的,所幸他并不常说。他常因过于严肃而显得有点冷漠。他跟那个女的,从认识到分开,其实不到两年,之后再也没有见过,所以对于他来说,她是完美的,越来越完美,就像没法企及的星星,抽象了。

9

其实是有船的。

就是那种常见的摆渡船,散发着浓重的铁锈味儿,还有水汽。里面没几个乘客。里面也没几个座位,都集中在前面了,而后面则空了很大的地方,据说是用来放货物的。塑料的蓝色座椅上还有积水。那些窗子都敞开着。不过,雨已住了。

海面上昏暗溟蒙,雾气沉沉。

发动机的声音从轮舱深处涌上来,船身开始颤抖,都能引发心脏产生共振。坐在靠左前方的窗边位子上，她感觉脸上的绒毛都是湿的。她并没有在网上事先预订旅馆，只是想随遇而安地到这里，碰上什么旅馆，看着顺眼就住下。

不知不觉地，她发现自己接受了他在短信里的建议。这个古怪老男人说不定还能预测天气呢，虽说很多时候他好像对什么都是无动于衷的。有时她真受不了他的这种迟钝跟木讷。怎么说呢，她其实觉得，他就像座火山，上面有湖，可是你永远都不知道那是死火山还是活的，更不会知道会在什么时候喷发。

旅馆的条件比想象的要差多了。双人标间，她选了最里面靠窗的那张床。夜里又下雨。院子里的树被风吹得特别的动荡。完全不知道都是些什么树。

10

"那个小姑娘，你知道的，她晚上哭了。一点办法都没有。不知道怎么了。"看到这条短信时，她正在寺庙里，看佛像。想到他描述过的那种悲悯的表情，她仔细看了看那佛像的脸，尤其是眼睛。

外面，早晨的阳光像被滤过的，薄薄的，亮亮的，有点暖意，但又不会触及皮肤的感觉。

"怕就怕啊，到时你哭不出来。会有种变成石头的感觉。"她从寺庙里出来，阳光忽然变得异常强烈，有种烧灼感。没走多远，她就觉得挺累的。好像再也不会有以前那种轻松惬意了。

走之前的那个晚上，她打电话给爸爸，说是家里没有电，黑乎乎的，让她恐慌，不知道该怎么办。爸爸犹豫了很久，什么也没说。她隐约听到了妈妈的声音，有些尖锐。可她还是拿着电话期待着。爸爸就一直在那里犹豫着，然后就是叹气，"再等等吧，再等等……"她就那么不声不响地等着，直到最后，爸爸把电话挂断。

爸爸是个老实人，也是个令人绝望的人。每次回家，她其实只是想看看他。她把他喜欢的水果装了满满的一袋，交给他。他交给妈妈。而妈妈则会毫无例外地在她离开时跟出来，把那袋水果丢到门外的垃圾桶里。她听到那个熟悉的声音，但并不会回头看，这是固定的程序。她每次努力所能到达的离家最近的地方，就是门口那个垃圾桶。这是一笔莫名其妙的债，永远也还不清。

"你要记着，"妈妈大声说道，"永远记着。但我是永远都不可能会给你还的机会的。"

"她一直在那睡着，呼吸均匀，可就是不醒，都中午了……"

她能想象得出,他站在房间里的样子,有些焦虑地抱着双臂,多少有些无可奈何。她还想问他,什么时候去看那位姐姐?她忽然开始喜欢那个神秘的女人了。以前她不会。她总是希望他能证实这个女人的存在,可他根本不屑于此。他说她就在那里,根本不需要有任何证据。

11

他下楼去买了张报纸,顺便去看了看信箱,里面只有广告传单,什么都没有。信箱很脏,有人把手机号喷到了上面,像一串黑虫子。

她终于起来了。脸也没洗,就坐在沙发上,不声不响地看着电视。他把窗户打开,外面有苍蝇在嗡嗡飞着,很肥的样子,动作笨拙,看上去有些可笑。她那么瘦,侧着身子蜷在那里,就像个字母 J。

"想吃点什么呢?"他问她。

她面无表情地摇了摇头。

"还是阳春面?"

她看了看他,点了点头。昨晚哭过的脸,还有些斑斑的痕迹。

厨房里明显有些闷热,阳台上蓄满热烈的光。他找到葱,切丝,还切了姜丝,掰碎了一个干透了的红辣椒,都搁在碗底了,再加上点色拉油,一点盐,一点味精,就这些了,等面煮好,捞出来,直接放在碗里,还有汤水,然后再窝个鸡蛋,就好了。

他拉了把椅子放在她面前,把那碗面搁在上面。

她吃面。他就坐在窗边抽烟,看那张刚买的《参考消息》。在第七版的右上角,有个美国人说:"如果你只是一次又一次地要求孩子提前准备某些东西,那可能没什么效果。更有效的方法是,试着引发他们的反应功能。不要要求他们在脑子里提前做计划,而是试着强调他们将要面对的冲突。也许你可以试着说:'我知道你现在不想穿上外套,不过如果一会儿你站在院子里冻得直哆嗦,记得回来穿上它。'"

烟把他的裤子烧了个洞。最近抽烟总是会烧到什么,枕头,床单,衣服袖子,或是窗帘。

他走到书架那里,从上面抽出一沓信。那些字体有些圆滚滚的感觉的字啊。每封信都只有十几个字,最多也就三十几个字。平时他很少会看它们。已经有三十七天没来信了。他回到电脑前坐下,继续抽烟,随意点开几个网页,漫不经心地看着。每天的新闻都差不多,看起来似乎挺热闹的,但也就那么点破事儿,哪里死了人,哪里桥断了,什么楼又倒了，哪些官员落马了，哪里的飞机掉了下来，哪里发生了政变，发射了导弹，哪里的人民在情绪高涨地参加大选，什么病又开始流行了，哪些有点姿色的女人又拍了新的性感照片，哪个名人又说了什么傻话，哪个地方政府又干了什么傻事儿，什么人又残忍地弄死了一只猫或狗……给人的感觉，就是有些人总是很忙，有些人总是闲得没事做，好像整个世界上就这两种人。飞机票折扣非常低了。火车票还是那么贵。少数过着奢侈生活的人令多数过得无聊的人感到无法容忍和愤怒？

后来，他关了所有的网页，坐在那里，继续抽烟。

不知道什么时候，那个女孩站在了他背后。她吃完了，还把碗筷都洗了。

"你要用电脑么？"

她摇了摇头。

"要不你再去睡会儿？"

她摇了摇头。

他没话了。

过了一会儿，她忽然问他："你要出门么？"

"为什么这么说？"他愣了一下。

"我看你刚才在查机票，还有火车票……"

他有点走神，下意识地站了起来，到冰箱里拿了两听可乐。可乐罐很凉，上面有细小的水珠。她默默地注视着他的一举一动，这让他有些不自在。她坐到沙发上，没什么表情，只是眼光一直在跟随着他移动。他递给她一罐可乐，她不要，胃不舒服。

他坐在了她旁边，靠着左侧的扶手，拉开可乐罐，喝了两口。

他喜欢这种又凉又甜的味道。

另一罐可乐，被他放在了旁边的椅子上。

12

"要是你去哪，能多买张票么？"

"我还没想好要去哪呢……"

"我是说，要是你想好了，就给我也买张票吧，我跟你一起去……"

"这个，得让你爸妈同意才行，还有，学校也得同意，你还得上学……"

"这没问题啊，我自己就能决定。"

"我要是真出去了，就是有事要办……你跟着，我就办不了事了。"

"我又不会打扰你，到了哪里，你办你的事儿，我找个地方，等着你，你办完了，我再跟着你……"她的口气坚定得让他有些想笑，有些不安。好吧，她的想法总归是一时的，没准明天或者晚上就变了，谁知道呢？

"行啊，"他说，"要是我想好了去哪，就带上你……今天星期几？"

"星期六。"

"哦，我还以为是星期天呢，还好，明天还可以待一天。"

"你怎么不出去走走呢？"

"出去干什么呢？在家里挺好的。"

"嗯，那好，我去看会儿书……"

他忽然想起什么事，就补充了一句，"我天黑前是要出去的，去看一个朋友的父母。"

她点了点头，去他的那些书里抽了本出来，躺到床上去看。

13

"……我觉得我可以倒退，这样，就又可以把路留出来了，然后还可以再往前走。这是我最近发现的办法……我活在一个没有什么声音的世界里，这样走起路来，就会觉得安稳。R.D。×月×日早晨。"

信封上永远不会留下发信的地址。看邮戳也没用，都是那个城市中心区的一个邮局的。他把这封信夹在一本书里，就出去了。从城西北，坐公交车去城的东南角，要一个半小时左右。他在公交车上睡着了。醒来时，发现过了站。还好，只过了一站。他下了车，就往回走。这个城市太大了。人也太多了，也喜欢拥挤在一起，不得不拥挤在一起。

他找到那个小区时，已是傍晚。天还微亮着。这里有很多树，似乎都是香樟。偶尔能在树后面的墙边，看见几簇夹竹桃，密密地开满白花。他想不到这里还会有如此安静的小楼。前后几幢都是一样的，每幢楼只有两层，也就住四五户人家。楼是重新加固过的，看上去还挺新的，但从开着的窗户或者门里可以知道，它们都是非常的旧了。

"这里又下雨了，不过好处也有，就是人少……对了，我看到一种树，这地方到处都是这种树，开着奇怪的红花，不知道叫什么名字。回头我把它的图片发给你吧。没准你知道是什么树呢……我还是想回去了，跟我出机场时的感觉一样。我知道我还是会待完这几天的……你那个小洛丽还在睡？我看你还是趁早把她还给她爸妈比较好……你啊，太懒了，什么事都不会多想想，麻烦就是这么找上你的，可你呢，偏偏又是那么一个怕麻烦的人……还真是搞不懂你啊。"

14

　　开门的是她爸，有些拘谨。让他想起自己的老爸。他们习惯于在家庭里躲在一边，就像得了失忆症，对什么都没态度。他决定把这次谈话控制在半个小时以内。不知道为什么，还没开始说话，他就有些讨厌这个人了。可是她非常爱她爸爸。有一回，他送她两张电影票，她就是带着父亲去看的，始终紧紧地挽着爸爸的手臂。

　　他一时不知话题从哪里开始好。她爸爸不吭声，抽着烟。那就这么开始吧。他提到，她一个人住在那么远的地方，也没有男朋友……电门坏了，自己就摸黑待着，直到天亮……她已经非常努力了，每天都要算计着把生活费控制到最低。她爸爸眨了眨老花镜后面干涩的眼睛，就这样闷了半晌，又忽然开始说话了，却不是回答问题，而是说起她小时候的事。

　　"她直到四岁时才开始说话。她妈妈抱她，她总是哭。都得我来抱才好。可我那时很忙，没有时间照看她。她妈说她不像她，也不像我，都不像。从上学开始，她就认为自己不像是我们的孩子。她妈挺失望的。我倒没什么，小孩子么，今天这样，明天就那样。她喜欢吃桃子。每次只等我剥了皮才吃，要是我不在，她就等着……她是个好孩子，现在么，比以前懂事多了。她一直都挺懂事的……可她妈妈觉得她是个冷漠的孩子，没有感情，不懂感恩。她什么都想靠自己。另外，她确实也说过一些让人伤心的话。所以现在她妈妈对她已经不抱什么希望了。"

"她是孤儿么？"他跨出门之际，忽然回头问道。

"什么？"

15

"这里的海鲜真不错的，我一个人吃了很多，满桌都是壳，各种各样的……他们都在看我呢，我不看他们。另外啊，你说的艳遇，估计是不会有了，没有任何迹象……你在做什么呢？"

他放下手机，继续听她爸讲故事。

"后来，她向她妈妈借钱，上大学，可是她妈妈没有借给她，她就自己贷了款，一直在还，还没还完。"

她说终于问明白那种开花的树叫什么了。

她在岛上走了整整一个白天。她喜欢这样一直走，好像永远都不会停下，也没觉得累。她想起上次去云南时遇到的那个人，后来一直保持着联系，他们都喜欢植物。大半年后，他们就失去了联系。她就问他怎么办。他说，写下来喽。她写了一半，就觉得不用再写了，要说的，都说完了。

那天下班时，他们一起坐出租车去地铁站。外面下着雨，到处都是潮气。她挨着他坐着。他不声不响地看着窗外。她发现他胳膊上的汗毛很多，就忍不住伸出手指头轻轻摸了摸。他毫无反应地看着外面。她注意到他的表情有些忧郁，就问他怎么了，可他又不说有什么事。

"什么事都没有。"他后来在短信里说。

"是为那个给你写信的女人么？"

"不是。"

"是为那个常要听你讲故事才能睡着的小姑娘么？"

"不是……你猜她叫我什么？"

"什么？"

"老爸。"

"老爸……"

"嗯。"

她找了个树下的长椅坐下，仰头看上面的树枝，看那些枝叶间的花。

尽管天光暗下去了，可看着它们，还是那么的鲜红。不管怎么说，在她看来，他都是个奇怪的人，可以无忧无虑地笑，也可以抑郁得暗无天日，对人也是忽远忽近、忽冷忽热的，反正你就是别想知道他在琢磨些什么。

16

"flamboyant tree 或 peacock tree。一种豆科(Fabaceae)乔木，学名为 Delonix regia。原产马达加斯加。株高6—12米(20—40呎)，速生。树冠平展成伞形。叶羽状分裂，长30—60厘米(1—2呎)。二回羽状复叶长20—60厘米，有羽片15—20对，羽片长5—10厘米，有小叶25—28对；小叶密生，细小，长圆形，长4—8毫米，两面被绢毛，顶端钝。伞房式总状花序顶生和腋生；花艳丽，花瓣五瓣，鲜红色至橙色，有黄晕。花大，直径7—10厘米；夏季为花期。荚果微呈镰开形，扁平，长30—60厘米。种子秋季成熟。花红叶绿，满树如火，遍布树冠，犹如蝴蝶飞舞其上，'叶如飞凰之羽，花若丹凤之冠'。已广泛引种到世界各地的无霜地区。适合孤植。花和种子有毒，有毒成分不明。"

17

那个邻居家的小姑娘,今天没有出现。

电视机打开了,他没有再去调频道,随便是哪个都可以的,只要看下去就是了。前天傍晚,他在楼下碰到过小姑娘的爸爸,行色匆匆的样子,语气平和而又自负,眼神里似乎隐含着某种敌意。这让他有些奇怪。

"有日子没碰到你了。"他说。

"是啊,我也希望能像你那么悠闲啊,不过我是没办法的……"

他们沉默了,看着对方的眼睛。看得出,这人也想知道小姑娘去了哪里,可就是不问。

走开之前,这人忽然想到了什么似的对他说:"我女儿,跟你处得还挺好的,是吧?"

"呃,好像是吧。"

"哦,听她妈妈说,她好像就喜欢你这样的怪叔叔……"

"是么?"

"不是么?"

看了会儿电视,他就起身收拾屋子。他要把那些乱七八糟的瓶瓶罐罐都丢掉。

后来,到厨房里,他在灶台上发现了一张纸条。是那个小姑娘的字：

"老爸，我要住到学校里了。住在那里，我会闷死的。我妈还给我找了心理医生，每周都要去一次，要我去听他胡说八道。还没去呢，但我认为他照你要差上十万几千里呢。我会闷死在那里的。哪天你要是想去找那个给你写信的姐姐，就来找我吧，就这么定了。你要听我的。要不我们就再也见不到面了。对了，我发现，你的那些老照片里，有一个人长得很像我。是个演员。"

他在那些老照片里找了很长时间，也没找到她说的那张。

这些天，他始终都有种很疲惫的感觉。坐在地板上，他抽着烟，想着这种感觉究竟是怎么回事。一只很大的苍蝇，不知从哪飞出来的，发出很大的响声。他把窗户敞开，它四处乱撞，似乎永远都不会疲倦。它的飞行轨迹看起来有点像一根无色细线，若隐若现的。

电视机里传来了手风琴的音乐，还有一个老男人的深沉歌声，不知是什么语言，没准儿是罗马尼亚语，或是南斯拉夫语，但肯定不是俄语，谁知道呢？电视里，之前还是火柴厂把木头慢慢变成火柴的过程，此时已变成了鲜绿的林荫路，远处还传来了教堂钟声。

烟盒空了。

把一个满满的烟盒打开，看着香烟整齐排列重叠在里面，然后抽出第一支，会有种来日方长的微妙快感。他出去买了两盒烟回来，那个苍蝇还在飞，就像吃了兴奋剂。没有短信，也没有来电记录。后来，他在沙发上睡着了。

一个有些秃顶的老男人，拉起那个姑娘，到舞池里，慢慢地跳舞，她把头搁在了他的肩上……一个阳台上，前面掩映着很多树，那个住到学校的姑娘站在一个板凳上，手伸到空中，手里捏着一个纸条，像在试风向，动也不动的，好长时间也不下来。

他醒了。感觉刚才外面下过雨，其实没有。

18

"我今天遇到一个男的，比我大几岁吧，他说我忧郁。有点搞笑。他说他是学心理学的，说我的身体语言告诉他了很多信息。其实我心情还好，只是有点无聊而已。我想回去了。可是还要等到明天下午。我想看看你。也想看看你那个小洛丽。"

还有几条短信，但他不想看了。翻了个身，他想再睡一会儿。他的领导在下午三点的时候给他打了个电话。那语气听起来严肃而不失亲切。

"我一直不能理解的是,"领导说,"你为什么不搬过来,到离我这里近些的地方来住呢?现在事情都大张旗鼓地干起来了,你不能总是躲在边上吧?"他想了很多理由,比如家里的东西太多了,搬起来比较麻烦,还有房东人很好,什么事情都不用他操心,再有就是这里交通很方便,诸如此类的,可是到头来都没说出口。最后说出来的,却是请假的事。

"我想请两天假,"他犹豫了一下说,"我要去看一个朋友,在外地的。"

领导听完沉默了一下,然后居然就同意了。只是最后提醒他,在路上的时候,你还是要好好想想,下一步,到底该怎么走。

19

黄昏时,岛上恢复了黎明时的单纯。那些树冠的后面,微红泛黄的光晕在缓慢地向西方退去,留下这边浅浅的蓝色背景。远处,海滩上只有几个人,在那里望着什么。要是你仔细地看的话,就会发现海的颜色正在细微地变深,那轻轻的波浪像是用来涂色的,一阵阵的,一层层的,把表层的光线逐渐地剥离下去了。

整个下午,那个"心理专家"一直陪着她,坐在这里,一直在说着,而她呢,只是当个好听众。她将自己描述为一个悲观主义者。在描述中,她其实始终在以他——她的领导为范本。她不时转述他的一些观点。而这位心理专家则逐一反驳。她很奇怪,有人竟可以如此的乐观和理性,脑子里装的只有严密的程序。

"总之,你真的没理由对自己悲观。"

这是他总结陈词里的最后一句。她松了口气。看了看手机,六点了。从早晨起来开始,她其实一直在琢磨的,不是别的,就是她的领导,那个古怪的男人说过的一些话。这个比她年长十四岁的他,好像活在另一个地球上。他们之间隔着厚玻璃,只能看着,却没法进入彼此的世界。

她看到过那个给他写信的女人的照片,印象最深的,是她的嘴唇跟眼睛,还有那种若有所思的游离的样子,看上去已没么年轻了,三十岁,也许更多些。他根本不会考虑她的年龄问题。她不知道那个女人是做什么的,做服装生意,还是画画,没法知道。他从不透露细节。

20

浴缸里的水已经放满了。

他进去，躺下，拿了本书，慢慢看着。他发现，自己有了两天的假期。

那本书，是个美国人写的，开头是在反复写葬礼的场景。一个人的葬礼，一个回忆父亲的葬礼。

她曾在一封信里，去年的，简单写到过她父亲的葬礼。她父亲在她十岁那年春节，带着那个小他十多岁的姑娘跑到了南方，私奔并做生意去了。她是跟妈妈长大的。后来她父亲据说是死于心梗，是在一次喝酒后的晚上永远闭上眼睛的。在葬礼上，她又一次见到了父亲的小妻子，还有那个只有三岁的小女孩。她们看上去是那么的悲伤且无助。但对于她来说，父亲的这次离开，比起那一次，要轻得多，尽管是永远地离开。

当时她妈妈从始至终都没说话。经过父亲的遗体，来到她们面前，她妈妈伸手摸了摸那个小姑娘的脸。小姑娘在哭。而她很奇怪的是，自己竟没有想哭的感觉，只是觉得一切都很安静。这里正在发生的一切，其实不过是走个过场而已。其他的事也都是走过场，比如婚礼，毕业典礼，总归不过是你看着我，我看着你，或是很多人看着你，从你面前走过，某些东西在离开你，永远的。

手机在房间里响个不停。

等他收拾好了床铺，点上烟，开了罐可乐，坐在沙发上呆了一会儿之后，他想了想，还是回拨了那个陌生号码。关机。他上网查了一下，是本地的。从冰箱里拿了听啤酒，他来到阳台上，坐在那把躺椅里，闭着眼睛，喝了口啤酒。他觉得，这个晚上，会很长。

他很怕这样的晚上。待在阳台上，会感觉好些，因为这里空间比较小，会压缩人的空间感，增强稳定感，还有，在这里可以看外面，黑夜里的那些远近的灯光，它们的光泽以及它们之间的那些黑暗，可以用来稀释人心里黏稠的液体。在最后那条短信来时，他看都没看，就把手机关掉了。

他想起以前的很多个夜晚。

2009 年 9 月 10 日

象

"看到一个同伴死去很长时间了，胃已被土狼吃掉，或是只留下一地白骨，它们会紧张、狂躁。它们挤在一起，走向同伴的尸体，耳朵微微张开，抬起头。它们用鼻子接触整个尸体，像吸尘器一样嗅上面的气味，如果发现象牙，它们会用鼻子将其卷起到处走。"他读到这里，停顿了一下，看了看下面的那些沉默的学生。要是仔细看的话，会发现他们的表情其实是有些古怪的，似乎大象鼻子嗅的不是那些东西，而他们的手或者脚，紧张而又刺激。不过从他们的愚蠢的面部表情来看，实在是看不出任何智慧的光泽。他们只是好奇而已，不可能理解他的意图。

"……在肯尼亚苏塞克斯国家公园，他们将大象的头骨、象牙，犀牛和水牛头骨，还有一些木头放到大象面前，除了其他大象的尸骨外，它们对死去的哺乳动物没什么兴趣。它们对象牙最感兴趣，会把有感觉的脚轻轻地放到象牙上面，小心地蹭来蹭去。有时候，活着的大象之间也会用鼻子彼此触摸象牙……一九七〇年,一位动物学家在非洲密林深处看到了大象葬礼的全过程。在离密林几十米处的一块草地上,几十头象围着一个快要死去的雌象。当这头雌象倒在地上死去时,周围的象发出一阵哀嚎,为首的雌象用长长的象牙掘土,用鼻子卷起土朝死象身上投去,其他的象便一起这样做。一会儿,死象身上堆满了土、石块和枯草。接着,为首的雄象带领众象去踏这个土堆,直到它成了一座坚实的墓。众象围着墓转了几圈,像是在与遗体告别,然后就离去了。"

他把光盘放入光驱里,然后走到门边,关掉靠近讲台的那些灯管,只保留教室后面的那些灯继续亮着。等他不声不响地走到最后面,转过身的时候,前面的投影屏幕上已开始显现动物的世界。那个老播音员低沉深情的声音,从两侧地角的音箱里夹杂着轻微劈啪声慢慢散布出来……外面在继续下着雨,教学楼的灯光蔓延到四分之一操场时就已经暗淡许多,有几个孩子在低声说话。"它们,这些尚未成年的青年,在凌晨时就显得烦躁而不安,从树林后面就开始不断加快移动的速度了,黑夜在后退,它们仿佛被夜晚脱落下来的一大团黑暗,迅速移动着,队形显得有些过于紧密,然而它们似乎丝毫都不在意这样,彼此时不时地摩擦坚硬粗糙的身体,没有人能预料它们移动的确切方向……"孩子们都不再说话了，跟影子似的沉默在那变换闪动的投影屏幕的光亮里或者外面。他看了一眼旁边伏在桌面上的那个男孩。那孩子侧着脸，睁着眼睛，眼角的泪珠早已破裂干掉了，眼光暗淡地看着他右侧的墙壁。他觉得这双眼睛肯定也是看了他一下的，当然还不能确定，这种十三四岁的男孩，谁有把握能猜出他们什么时候是有感觉的什么时候是冷漠的呢？至少他做不到。不过他现在已没有刚才的那种厌恶情绪了，他看了一眼地上断掉的那根色泽暗淡乌亮的木教鞭，看上去有点像光滑的树枝，皮被剥掉了，在水里浸泡过相当一段时间，然后再慢慢风干、反复在手里摩挲过。

它们对那群二十几头犀牛突然发起攻势的时候，孩子们不约而同地发出一阵短促的惊叹，随即就陷入了沉默。他发现自己其实还是多少有点喜欢他们的，这样想想的那个瞬间里，他感觉手腕子有些痛，这是用力过猛的后果。没错，他从来都不擅长发力，以至于身体的任何一个部位都有可能在突然发力的时候轻易受伤，这样的，那样的。而多数时间里，他还是尽可能让它们处在沉寂的状态，有时他甚至喜欢它们慢慢变得麻木起来，喜欢那种从神经末梢传来的微妙感觉，没什么规律的，就像电波，在他的脑海里反射出某种不经意的波动。他有点疲倦，就是现在吧，他觉得自己的骨骼在皮肉里开始出现松散的征兆，随后浑身上下都有种陆续下坠的感觉。前面，黑白的景象里，它们，那些青年象们，已将那些犀牛逐个杀死了，完全是一场实力不对等的杀戮。之前，在准备这一课的时候，他实际上已看过两次这个场景了，但还是隐约有种莫名伤感的情绪从心里泛出来，几缕类似于烟的气息。他看了看那个孩子，仍旧保持着刚才的那个姿势，耳朵上的那点血迹已经凝固了。他伸出手去，轻轻搭在那张看上去发僵而实际很柔软的脸颊上，那孩子没有任何动的意思，尽管他的手有些湿冷，搁在脸上会让人很不舒服。

　　早晨他从家里出来的时候，儿子继续躺在被子里，蒙着头，说是头疼。这孩子向来就有头疼病，从五岁开始就有了，每次家里有点风吹草动的时候，这毛病就会适时发作起来，程度有轻有重。不过今天看来没那么严重，儿子的表情基本上还是平静的，但他还是同意他不用去上学了。他抚摸了一下儿子的脸庞，现在感觉好些了吧？儿子闭上眼睛，轻轻地嗯了一声，就不再出声了。他看了一会儿之后，才穿上外套、背上文件包出了家门。出门前，他随手把厨房的灯关了，犹豫了一下，又回去把灯打开了。这种橙黄色的灯光带着些暖意，映亮了走廊地板上的一小块，这样看上去比较舒服，他知道，儿子跟他一样，不喜欢家里有人的时候一点亮光都没有。儿子十二岁了，刚好是地支的一轮，他想不起自己十二岁时的情景，只是隐约记得那时在读小学五年级或者初中一年级，是少有的一段安定的时光，所以才会没什么具体的印象。再往后一年，事情就记得比较清楚了，在另外一个大城市里过暑假，一个叔叔带着他玩，在家里看麦克哈里斯从大西洋海底来。呆在部队大院里的那套旧阁楼里，一个夏天都在那里，直到有一天叔叔的父母来到他的面前，告诉他家里没有事了，回去也该上学了。他们派司机开车送他回到家里，感觉比来的时候快得多，公路两侧的那些长满庄稼和野草的墨绿田野还有大叶杨树都来不及细看就过去了。他记着自己坐在面包车最后一排靠窗的座位上，而叔叔坐在前面，斜对着他，侧歪着身子，摆弄着那个魔方，转来转去，偶尔会抬起眼睛看他一下，有时会笑一下，有时挤一下眼睛，似乎在提醒他什么彼此都知道的事。家里显得很干净，似乎从来没有这么干净过，让他一时有些不能适应，感觉像到了别人家里，陌生的人。他母亲正在做饭，而父亲则在院子里弄电视天线。新换了一个更高更结实的杆子，上面支的是铝制星形天线，确实是新的，那些扭出旋转波纹的铝条上面一点锈蚀痕迹都没有，而那些螺丝上面的机油也像昨天才注上去的。他在院子里转了转，熟悉了一下环境，看见厨房窗角下多出了一丛繁盛的深紫色的花簇，似乎还在从里往外钻着绽放。父亲回过头来，对他笑笑，以后能看到更多的频道了。

麦克哈里斯能在水里呼吸。这对于那时的他来说，无疑是解决了一个心理难题，这个事例意味着人沉浸在水中即使很长时间也不会窒息而死，当然前提是要找到大西洋，这种可能才会得到验证。不是谁都能做到这一点的，不过至少有人做到了，沉浸水中与死并不是一对矛盾。这跟他后来成为生物老师有什么关系？如果说有的话，可能就是那时埋下的根子，他想知道生物学角度下人的其他可能。当然，现在他作为一个生物老师已然清楚地知道了一个常识，人是不可能在水下长期沉浸的，因为这种水下呼吸功能并不存在，也无法培养。那些无氧下潜的时限与深度虽然一直有人在不断突破，但那只是努力而已，只是在不断地证明长时间沉浸的不可能。说到底，人不是两栖动物，只能在陆地上活着，然后死了。人是无知的，又故作什么都知道，用人的声音，表达动物的情感。比如那个低沉的声音说："那些青年象都是孤儿，它们的父母之前被野生动物园的管理者们猎杀了，以保持这个保护区的生态平衡，因为规定数量有限，它们不得不被以这种方式开除出去。人总能为自己的行为找到理由和答案。然后，人们从外面找来一些成年大象，它们的出现不出意料地解决了这里的危机，青年象们温顺地开始了新的生活，不再像以前那样焦躁易怒了，不再乱冲乱撞了，也不会去攻击犀牛们了，它们的生活从此变得平静而温和。"荷尔蒙，孤独，以及外界的刺激，这是科学上的理由，就像那个男孩在上课铃声响起的时候仍旧用双手紧紧卡住前桌同学的脖子，而他不得不用教鞭击打他的脖子和肩膀，直到教鞭断掉，他的手松开为止。事件的原因，据说是那个被卡住脖子的同学说了一句他"长得像头臭大象"而已。

  孩子们不大能理解的是，为什么那些成年大象来了，它们就变得温顺起来，它们并不是它们的父母啊。他们发现，这是个假象。但显然他们还不知道一种形式上的稳定比现实的真正稳定要来得容易。他引导他们展开讨论。他提醒他们，我们并不像我们以为的那样了解动物的世界，动物们也不会理解我们怎么看它们。他留了作业。然后，他把所有的灯都打开了，重新走到后面的那个孩子身旁，把手伸到他的脸上，他觉得自己的手比刚才要温暖一些，而孩子的脸庞则比之前要凉一些，温度发生了转换，这样他的手就可以在那里多停留一会儿了。那孩子仍旧是没有任何反应，或者说没有任何回应的意思，但他还是敏锐地注意到他眼光里流露出某种厌恶的意思，冷冰冰的一束微光，比玻璃碎片还要锋利一些，也更脆弱一些，他实在不忍心再去碰一下它们。后来，他问他要家长的电话号码，要家庭住址，那孩子都没理他。最后一节是自习课,他告诉那孩子课后不要走。说这话的时候,他没再去碰那孩子的脸,尽管他仍旧是安静地伏在桌面上,保持着与此前相同的姿势。他把那个被卡脖子的男孩带到了办公室。他很想知道这孩子究竟说了些什么,以至于招来了那孩子的愤怒攻击。事情并不复杂,只是多了些细节,那个男孩整个下午都在踢这个孩子的椅子腿,一下一下的,后来他忍不住了,回过头去,对那孩子说你以为你自己是什么,长得跟该死的大象似的。其他同学都笑了起来,然后他的脖子就被那双瘦硬的手死死地卡住了。之前呢,他边听边问道:"你说过些什么别的话没有?"这个孩子犹豫了一下,还是说了,"我对他说,暑假的时候,我爸爸要带我去美国,去迪斯尼,还有五大湖区……他就问我,怎么不带你去非洲呢?我说非洲是个野蛮的破烂地方,只有大象和土狼,还有黑人。他说你懂个屁啊。我说那你就让你爸爸带你去非洲好了,要不让你妈妈带你去也行。他就一直踢我的椅子。"

  校长大人把他叫到了办公室里,神情严肃而有些忧郁地注视着他。这是他第几次打学生了?这个问题的确令人有些尴尬。尽管到目前为止还没有任何学生家长投诉你,可你也不能这样继续下去吧?他注意到校长的办公桌上放着那两截断掉了的教鞭,它们本来被他丢到垃圾桶里了,不知道谁又这么细心地把它们捡了回来,放在了这里,作为证据。那个男孩没有投诉他。他下手也确实重了些,校长说那孩子的脖子和肩膀交界处有一道明显的淤血痕迹。另外,校长还告诉他,这个孩子的所有作业和考试里,你的生物课成绩是最好的。你明白么,这说明什么?你一定是昏了头了。告诉你,别忘了我提醒过你多次了,不要把情绪带到学校里,带到课堂上。我给你一个礼拜的时间,解决好自己的问题再来。还有,你必须找到学生的家长,向人家赔礼道歉,不管你用什么办法,总之安抚好他们。要是人家找来……校长递了支烟给他,他接过来用手指捏了捏,很柔软的感觉,又放在鼻子下面闻了闻,味道刚刚好,他表情松弛地点着了它。校长的样子他其实一直挺喜欢的,跟他叔叔有点像,当然不是因为他们是同学,他不喜欢叔叔胖乎乎的样子,反倒是挺喜欢校长这张胖乎乎的温和的脸,这是他一直有些想不通的地方。叔叔是个精明的家伙,所以后来中风了。而校长呢,虽然笨了点,可是身心健康。校长批评他,他从来都不生气。这老头今年年底就要退休了,他会想念他的。这是个好人,有时愚蠢了点,但心地善良,总能原谅犯错误的年轻人,比如他,被原谅过不知多少回了。想到这里,他不免有点伤感。校长可能是感觉到了些什么,很官腔地提醒他,明天,我要听你的课的。什么课?就是今天上的这一课,有些老师反映你讲的有些特点,但放的录像片似乎有些问题,就是那些大象的……他准备离开了,校长又叫住了他,"那个孩子,我让他先回家了。"

开了门,他发现只有厨房灯是亮着的。已经是晚上六点钟了。他把雨伞斜着搁在门后面的鞋架旁边。外面的雨早就停了。儿子的房间里,被子还没有叠起来,但显然人已不在家里。家里一个人都没有。他在客厅的茶几上,看到了一个纸条,上面有儿子的字迹,铅笔的,一笔一画地写出来的,还是那么工整,"爸爸,我出去了,妈妈没回来,手机也关了,我想找她说说话。找不到她,我就去找你,我们说说话。"他拿起电话,拨了号码,这时候,她的手机显然已经开通了。他略微松了口气,"你在哪呢?"她迟疑了一下,声音平静地说,在外面。"儿子呢?"他尽量声音平和地问道。她愣了一下,不是在家里么?"他有没有给你打过电话?"我手机没电了,刚找到电源……"他出去了,说是想找你说话。"什么时候的事?"上个世纪。"他觉得心里被什么东西堵住了,就不说话了,那边也不说,过了半天,他才放下了电话。他默默地看了看整个房间,想了想,然后起身把客厅里的灯打开了,灯光明显有些刺眼,同时一种奇怪的饥饿感从腹部蔓延开去,一直弥漫到嗓子那里。他重新拿起电话,拨了母亲家里的号码,等了一会,没有人接听。他穿上外套，手里握着自行车的钥匙，锁门出去了。

街上湿漉漉的，反映着两侧的灯光。他骑着自行车慢慢地行进，车轮跟地面接触的地方传来那种令人心烦的细碎声音。下过雨之后，天气并没有预想的那么凉，尽管已经是十月初了，可是雨后的空气里仍旧残留着些许温暖的气息。这种温暖在他看来实在有些古怪，无法理解，甚至让人感觉到某种不能适应的残忍。从街口转出来，到了比较宽阔的马路上，路灯是最近才重新换过的，看上去有点像昆虫的触角似的，高高地伸到空中，散发着晶亮的光芒。在这种好看的场景里，他却不知道自己的儿子去了哪里，还有比这更令人沮丧而又不安的事么？没错，一个十二岁的男孩是轻易不会出什么问题的，他知道回家的路线，也知道亲戚们的住址，他能自己坐公共汽车，身上也会有些零用钱，他什么都知道的……可是，现在他在哪里呢？他想说些什么话呢？他的头一定是不疼了。想到这里，他停下来，伸脚踩着马路边的石头路沿，拿出手机给儿子的老师打了个电话。老师说，你儿子今天不是生病在家休息么，根本没来学校啊？他只好胡乱客气了几声就挂断了。他继续骑着自行车往前走。儿子五岁的时候开始得了头疼病，非常奇怪的一种毛病，去过几家大医院检查过多次，都说没什么问题，但头疼还是会时常折腾这个孩子。能缓解这种症状的，有时候只有恐龙了。儿子是个恐龙爱好者，从四岁开始就喜欢琢磨恐龙，到如今他已经收集到国内几乎所有中文版的恐龙资料、光盘，还有各种类型的大大小小的恐龙模型，他最崇敬的是霸王龙，而最喜欢的却是翼龙，在他看来，父亲生活在白垩纪晚期，而他自己呢，却是侏罗纪的。完全的时间倒错的安排，当然那是儿子小时候的想法，现在他是不会这么说了，他甚至很少会对父亲提起恐龙的问题，不过他仍旧一如既往地关注着那个早就不存在了的恐龙世界，甚至还写了几篇关于恐龙的作文，在他的日记里，最近一篇，是关于恐龙灭绝的，结尾写的是一个恐龙蛋掉到海水里的情景。

他发现自己来到学校门前，快要七点钟了。教学楼三楼，初三年级的那些窗户还都亮着灯，远处看去像似一道白亮的"一"字。这道亮光投射到操场一半左右的地方，形成了一个巨大而模糊的光块。一楼的值班室灯光也亮着，借着这片光，可以看到楼下的领操台，他注意到，领操台上有两个不大的身影，并排坐在那里。因为背对着光，他们的脸以及身体的正面是黑暗的。其中的一个，手里似乎拿着一根有些歪扭的木棍，在那里漫不经心地摆弄来摆弄去。他们在说着话，是两个孩子，声音不高，而且断断续续的，听不清在说些什么。不过他已经感觉到，其中一个声音，正是儿子的。他把自行车停在校门内侧，然后顺着墙走，走到教学楼下面，再转向领操台那边。他慢慢地走过去，脚步很轻，像夜里无家可归的野猫似的。几分钟后，他来到了他们的后面。他们显然没有感觉到有人来。听起来，他们似乎已经聊了有一段时间了。现在他听清了另一个男孩子的声音，就是那个刚被他打过的男孩。"你爸爸在这里教什么的呢？"他儿子若有所思地答道，生物学。"是哪一个呢？"儿子告诉了他。那孩子重新打量了他儿子一下，"哦，不像么。"嗯，他儿子说，我长得比较像我妈。"怪不得你知道那么多恐龙的事儿……你爸挺凶的。"他儿子点了点头，嗯，知道。"可是他讲的故事，倒是挺有意思的……他在家里也常给你讲吧？"儿子摇摇头，不讲，他事情多，没什么时间，我是自己看。"……他看起来倒是像个好爸爸。他上课时说话的样子，挺逗的。"儿子表示自己没见到过，不知道是什么样的。"他打你么？"儿子想了想，从来没有。"怎么会呢？"可能是因为我有头疼的毛病吧。"你怎么会头疼呢？是因为紧张么？"儿子摇摇头，想了想，我也不知道为什么，有时说说话就好了，有时候说话也不好。"你这毛病倒是挺怪的呢……"我从小就这样了，很小的时候。

"你怎么现在才来找你爸呢？他早就走了……我看见他走的。"儿子说，我是去找我妈的，没想找他，后来是路过这里，就过来看看，以为他在。"你妈下了班不就回去了么?"也没什么,儿子犹豫了一下,就是想跟她说说话吧。"哦,你倒是挺怪的,跟自己妈说话也要找出来说。"我有好几天没跟她说话了,儿子说道,跟我爸也是。"我爷爷上个礼拜死了。"儿子看了看他。"他是老死的,就是活到了那个岁数上,什么病都没有就死了,就是闭上眼睛,跟睡觉似的,也不醒了。反正我不能再跟他睡一个床了。我奶奶又聋又瞎的,他们准备把她送到养老院里去了,这回没事儿了。也不用人管了。我这几天特自在。家里天天都是一堆人……我妈过两天就来接我。她男朋友有车。"那,你爸呢?他儿子显然有些惊讶了。"他?谁知道,他可能是……四海为家吧。不过我妈说他早就给人埋了。他以前,在这里是很有名的。没人不怕他。可我记不住他长的什么样……"那孩子伸手摸了摸自己的脖子,"你怎么还不回去呢?我跟你讲啊,晚上坏人多,他们可不像我,跟你这么客气,他们是什么都不多说的,他们是动作凶狠,"说着他做出一个突然袭击的动作,左手做出要卡儿子脖子的姿势,但并没继续这个动作,只是停在那里,儿子没有动,不声不响地看着他,他慢慢垂下手臂,"这就是一招制敌。你会打架么?不会?嗯,看着也不怎么像,要是你想打架找帮手,就找我好了,怎么样?……我看你啊,还是回去吧,跟你爸说说话,跟你妈也说说话……你现在不头疼了吧?哦,不疼就好。"他这么说着，另一只手握着那根棍子用力敲打了几下领操台的水泥边缘，发出那种清脆的响声，在黑暗中的校园里回荡着。

2006年3月6日

伊春

1

前面没人了。现在，扩音器里继续重复发出那个女人的单调询问："去哪里？！"他犹豫了一下，说出了那个地名。售票窗口里的女人没听清楚。他只好又说了一遍。听到自己的声音带着嗡嗡的回响在玻璃上轻轻撞了下，眼皮垂下又抬起的瞬间里那个海边城市的名字就浮现了，跟他的声音一起碎裂成灰硬沙滩上不时闪动的青绿海水泛出的冷白花簇……他看着玻璃上自己的脸庞投影，印着黑字的肉红色车票和几张模糊褶皱的旧钞、几枚硬币被扔到了光滑的白铁凹槽里，上面折射着模糊的光。那些灯管像白亮金属条似的镶嵌在玻璃里面。随着机械敲打键盘的声音，后面的人又到了前面，扩音器里继续重复着那个生硬的声音，"去哪里？！"正在走神的他被推挤到了旁边。后面还有很多人，都有些焦躁地注视着前方。他听到另外一些地名，陌生的地方，他没去过。车票上面，两个陌生城市的名字被一个黑色箭头连在了一起，仿佛两个人躺在那，脚底相对，伸展双臂在头顶……外面还有些光亮，而室内已然黑暗。又一次，他想起那个梦，她在他的手心写字，指尖柔软湿冷，他看不清她的样子，也猜不出是什么字，又不安地意识到这可能是最后的机会了。一定是太累了，他想。脑子像化石。他闭着眼睛，试着用左手食指在右手里写了两个字，奇怪的感觉。

2

Y：

最近我的腿有些不舒服。晚上睡觉，常会感觉不到它们，在黑暗里，我会不时动一动，重新感觉到它们在那里，但这样一来，又不知道怎么放才算稳妥了。试过各种姿势，都不理想。虽说由此而来的失眠让人不爽，但也有好的一面，就是我又多了一些时间，可以浮想联翩。比如想想你们那个城市，就像用谷歌地图看到的，从空中俯视它，从一个点，变成一个路线密集的面，再变成更具体的……你说它怎么看都很小，那些街道，建筑，你每天经过防波堤遛狗的路线，还有你说过的海鸥，它们在不远处偶尔低鸣，引得小狗也跟着一阵乱叫。早上醒来时，会发现腿脚都有些浮肿，踩在地板上，软绵绵的。我们头儿最近总是有些怪怪的感觉，有些过于关注我了，他劝我要注意休息，说人是脆弱的动物，随时都有可能被什么意外轻轻一击就倒下了。听起来是不是有点意味深长？你看，这么个没底限的人，说起道理来竟也是意味深长的。他说你可以休个假嘛，找个安静的地方，去疗养一段时间，比如山里的温泉疗养院啊，当然最好是到海边，找个小城，住在海滨的旅馆里，后面靠着山，有温泉可洗。他真是太迷恋温泉了。我始终没搞清楚他为什么要这样说。我还好啊，我跟他说。他说你是咱们局里少数几个有文化的人之一啊，要能"放下"。我说我放得下啊，你看我计较过什么事么？我说我最近在研究自杀的问题，希望能从心理学和病理学层面做得深入些。他不明白我为什么非要研究这个。好吧，我承认，之前你讲那个小姑娘的事儿，我的回答实在够蠢，你是对的，她并不是真的没有行动能力的人，那种愿望，对她来说，就像最后一次撞钟，本质上就只有那一下，之后都是回响。说到底这不是个选项，也不是错误，只是时间问题。所以，不要再劝慰了，不要再鼓励，她有她的轨迹，我有我的，你有你的。嗯，我最近好几次梦到坐火车出远门的场景，都是十多年前的事，还有些零零碎碎的奇怪的梦，比如在一个海岛上，我为了帮某个似曾相识的女人，莫名其妙地成了走私团伙在警方的卧底，最后被警方、买卖方追杀。很多情节我都没记住。还有啊，你是对的。你不是日常的存在。但我也没有老是想着要验证什么真实不真实的。这些天，其实我没什么事，只是坐在那里。我好像在等什么。不知道。

S.

3

火车浮动在原野上。那些原本粗糙的景物在越来越趋于光滑的进程中穿过短暂的黄昏沉入漫长的黑暗。有节奏的摇晃，不规则的震动，辗转恍惚间早晨的光辉又一次渗出地面。这一天跟别的日子又有什么不同呢？它来了，然后消失了，仅此而已，又一次验证了它是暂时的，是不断重复的，也是不可能重复的，它们彼此淹没，带着某种没法解释的新鲜与速朽的气息。拱形的灰色天棚慢慢明亮，其他三个铺位已空无一人。拉开窗帘，他摸了摸玻璃，路基上那些寂静潮湿的石头棱角分明。火车减速，随后又加速。没有太阳，他闭上眼睛，感觉这有限的空间正缓慢滑动在一个与自己的现实全然无关的世界上。有人在走动，偶尔说着含糊的话，而多数人是静默的，这里，或那里，陌生的面孔轻微晃动，浑浊的空气随着过道门的忽然打开而动荡不已。没找到电脑的键盘或屏幕，他注视着灰亮弯曲的棚顶，下意识地摸着侧面的墙壁。此前梦里宽敞的空间突然坍缩成眼下这个狭促的地方，坍缩还在持续，不时发出金属扭曲变形的低响。他看到了门，触到了卧铺护栏，松了口气，还在火车上。这是去那里。他把手臂向上伸展，侧着脸，左腿弯曲，脚掌挨着右小腿的内侧，心里终于安稳了。在此前的梦里，笔尖在报纸空白处划动，留下些不相干的句子，最后一句是：曼谷的十万多只流浪狗将被统一实施绝育手术。他笑了，很想打电话告诉她。平时他常在报纸上找些这样有趣的东西抄下来，然后发给她，自己没事儿时还会反复抄写。这种无目的的反复会使有用的话变得没用，也能让没用的话显得意味深长，当然说到底其实还是没用。散漫的人，身体松弛，上下牙齿间的随意的几下触碰，空洞的声音从嘴巴里溜了出来。

4

Y：

　　保持联系。我们。当我打出这个几个字时，其实某种隔阂就有了，就像厚玻璃，隔在那里。你远了。要是以前，你至少还会回个表情，比如挥着小手道别的，这次却没有了，直到你头像暗了。这是种很奇怪的体验，像突然进入了大气层以上的空间。我挪动鼠标，去看前面的对话。那些短句充满了停顿，不是在出现，而是在后退，每个字都好像在蜷缩起来，收起光泽，把距离留出来，而我的那些，则像是敲打在金属板上的，带着毛刺。我们这不是对话，倒像是自言自语，你有意如此，而我不是。我感觉不到任何信息。这次出差，我是准备顺便去看看你的。我现在感觉有些迟钝，脑袋昏昏沉沉的，所以我并没有意识到我已经把这句话发了好多遍。估计你会以为我神经出了什么状况，对此置若罔闻，但又不想让我受到什么刺激，于是你就断断续续的，说的都是些不相干的事，尤其是最后你又说起那个女孩想自杀的事时，我甚至觉得你是有意要引开我的注意力。我一点都不想再谈这个问题了。"生无可恋能有什么办法呢？"你问我。当一个人下决心之后就不再需要任何理由。她只需要一步到位，把自己变成靶子，扣动扳机，正中靶心。可我搞不明白的是，你为什么会以为我是个容易陷入疯狂的人呢？面对你，我有的只是安静，心里头就剩下一块石板了，封盖住了很多东西，上面连字都没有，除了潮湿的灰。我怀疑我们头儿派我出这趟差，去办这么个案子，是有隐情的，甚至是有某种阴谋的，可你却偏偏以为这只是我的幻觉。你回不回信,并不会影响我继续给你写信。我不是个喜欢抒情的人,所以你也不要多虑。

S.

5

一种生活与另一种生活没什么本质区别。就像睡觉中换个姿势,最后你还是躺在那里,唯一需要的,是有些变化。站在车厢联接部的过道里,透过车厢联接部密封的窗玻璃,他看到小太阳颤动着浮出了地平线。广场两侧的巨幅广告牌湿漉漉的。那些皮肤呈浅古铜色调的黑发女子闪着新鲜的光泽。他穿过空寂的广场,地上那些六边形红色地砖寂静而结实,随手吞下两颗药粒,喝了几口矿泉水,然后挥舞了几下那个空了的塑料水瓶。有人走了过来,手里拿着写有旅馆名字的牌子。他摇了摇头。像个本地人那样,他满不在乎地走开了,走向某个目前还不清楚的地方。无论怎样,至少他都会在这里住到后天早上或晚上。他没什么可失去的。要是刚才在车站里再多停留一会儿,他很可能会跳上另一列反向的火车,买两份报纸,还有啤酒,在六个小时后重新出现在他的那个城市里,习惯性地拨通某个熟悉的电话,心平气和地对着空气说，是我。然后生活就恢复了原样。原来是什么样？头胀胀的。他觉得脑海里仿佛沉下了一些深水炸弹，它们一阵阵坠入深处，却没有爆炸，只是有些耳鸣而已。不知为什么，他忽然有点担心自己的记忆力会出问题。不要下降得太快，慢一点，再慢一点。他试着回忆一些词语，一些场景，几个人，说过的话。还好，它们都顺利地浮现了。广场东侧，有个深蓝色的电话亭，里面没有人，附近也没有人。

6

Y：

我把桌椅挪到了档案室最后面的角落里，背后和左侧都是高大的窗户。坐在那里能看到办公楼下面草坪的弧形局部。过了两天，我又把桌椅挪回到原来门口的位置。等把那些电脑线重新插好，电脑屏幕亮起，那种混乱的感觉也没有消失。似乎也有要发生什么变化的感觉，只是说不清楚。门总是敞开的。我觉得自己有点像小时候电影院的看门人。现在我的背后是几排墨绿的铁皮档案柜，在那股潮湿气息从走廊尽处的洗手间那边飘过来时，我想象一下电影刚散场的时候，困倦的老看门人侧歪着身子坐在那里，抬起头时，没有观众从面前经过，他眼光混浊地看了我一眼。那个临时来帮忙的姑娘，偶尔会来我这儿，不声不响的。她坐到我的椅子上，喜欢让一些曲子反复播放。我们很少聊天，但偶尔也会说点什么，她甚至知道我有你这样一个神秘的网上朋友，我告诉她，你有多种面孔，跟天气变化有关，跟我们彼此的心情有关。她笑我太过夸张，提醒我不要脑补太多的东西，这都会变成毒药的。你能想象么，她那么年轻，大学才毕业，到国企里上班，就有这等认识了。不知是谁把她借到我们局里的，整天无所事事的。我问她就不想做点什么事儿么？她很奇怪地看了我一眼，师傅，不做什么，不也挺好的么？说完，诡异地一笑，那瘦小的身子就蜷缩在椅子里。我有时觉得她会变得越来越小，最后变成了一个斑点，剩下那身衣服搭在椅子上，然后在另一个地方又会重新出现，总之是个随时都可以跟外界毫无关系的人。屏幕只是一种光亮，里面什么都没有，她靠近它，脸就被它映亮，成了黑暗里的亮斑。就像忽然醒来似的，她在白亮的空间里清理桌面的东西，她的四周空空荡荡。我现在已经完全不能适应马斯卡尼的《乡村骑士·间奏曲》那种过于深情的曲调了。小姑娘站起身，说下班啦，师傅你不走么？我摇摇头，还要再准备一下，明天要出差呢。好像你不一定走得成哦，她挤了下眼睛，风似的，背着包转身就消失在走廊里。我把枪装到了背包里。这还是半年前执行任务时领的，忘了还了,他们也忘了。

S.

7

我爸又把我骂了。不过我没跟他一般见识,我说好啊,你喜欢骂,就尽兴好了。我都无所谓的。我觉得我跟他真的是种互虐关系,他跟他现在的老婆、跟他前妻我妈,我跟我妈,也是这种关系。就是互相捅刀子,又死不了,多好。你说是不?

嗯,好多天了。

说这些,我只是想告诉你,我不是有意不回复你的留言的,那样太没有意思了,只有最下贱的人才会那么干吧。虽说我也挺贱的,但也还不至于贱到那个地步。不要刻意,这是我对自己的最低要求了。我不想再有别的互虐关系。所以呢,说真的,我没有虐过你,不管你怎么想,我都没有。要是你觉得有,那肯定不是我本意,你要原谅我。毕竟,我也不算了解自己,这是真的。每天当我重新打开这个窗口,翻翻过去的记录,我就会觉得是在看别人的,而不是我的。所以吧,我会把现在当作跟你刚认识。我们仍旧是陌生人。

不要去想什么熟悉不熟悉，真实不真实，我们本来就都是经不起推敲的，还是放松点吧，就从这一刻开始。

嗯。

你好像情绪不高？是还在生气，还是身心疲惫呢？在跟你说话之前，我承认我好好反省了一下过去做过的事，说过的话，作为一个习惯性的诱饵加破坏者，一个装神弄鬼的家伙，我发誓从现在开始我要把一件事做到底，直到它真的彻底完结。你看，我现在就是在还账，欠你的话，我都还上，这样才是公平的。你可以随意，想回就回，不想回就不回，没关系的。甚至你可以虐我啊，我不会反虐你的。这方面我比你有经验得多。啊，我长出了口气，说了这么多的废话了，我该到阳台上放放风了。我每天都会跑到那里，往下看，知道为什么么？我恐高，可我喜欢那种让人崩溃的眩晕状态。

嗯。

嗯？你在敲钟么？

这是开始了？

什么？

没什么，要是你想，就开始吧。

没有，我得先睡会儿了。

嗯。

8

Y:

你的手机还是停机。我不想分析这里释放出什么信号。反正这些天里你用沉默教育了我。这很好。沉默很好。这是你的属性。你从那里来，又回到那里。符合规律。不要以为我会焦虑。没有。这次出差，是去找到那个离家出走的女孩，才十七岁，据说是市里某位领导的女儿，跟一个四十几岁的男的跑的。他们说是诱拐，我觉得是她主动搭上他出走的。这家伙没案底，也不是他们猜的什么报复心理，从聊天记录来看，那男的对小姑娘的背景一无所知，她没透露过什么信息，除了几张暧昧的照片。这个高一女生比他们以为的要胆大多了。她明知这是个老练狡猾的人，可偏偏要搭上他。他们聊的只是些琐事，当然，他引诱她，温暖的人生导师。跟她暧昧过的，不止这一个。她喜欢这样。她说自己是个孤儿，在福利院长大，被一对外国专家夫妇收养，他们后来车祸身亡，给她留下很多财产，在美国，那时她十四岁。她过着醉生梦死的生活。有时她会幻想自己是个生活在知识分子家庭的孩子，渴望成为动漫画家。她还说要是不当画家，理想职业就是去豪华的夜总会上班，平时做个购物狂人兼养花达人，租个有露台的大房子，收养几十只无家可归的猫。她会根据聊天对象的喜好，给他们发不同类型的漂亮女孩照片，当然偶尔也会混入几张自己的，注明这是邻家小妹。她不知道编造了多少个人经历的版本，有时候自己都会弄混。另外，要是觉得有一个聊天对象对她着了迷，她就会忽然消失。对于这次出走，她装得傻乎乎的，任由他精心策划。从他发给她的路线图和游玩攻略，可以确定目的地。我觉得，他们是分头行动的，这是他的安排，他不想让人觉得一切是他主导的。到那个海滨小城后，他们会在一家靠近海边的普通旅馆会合。

S.

9

宽敞的档案室有很多窗户，很多块玻璃。每到周末，保洁工都要把它们一块一块地擦得像没有似的。他经常会克制去数清它们的冲动。她们使它们恢复本来的样子。在公安局这座白楼里，这里是最惬意的地方，经常会让他有种多重空间的感觉，有助于消解那种受困于某处，像个零件似的被紧紧地固定在庞大复杂的办案机器里的感觉。他敲打着键盘，写 QQ 留言给她。他还是喜欢红色的字。"收到你的那些字，就像收到最后的通牒。"她在偶尔的回复中嘲笑他趣味古怪，"当然了，我也是，"她说，"我们都是。拥抱一下吧，我们。"有点做作，可他又有点喜欢。做作的，泛滥的东西，要装在某个特别的容器里才好。装一部分，留一部分，否则就什么都不是了。他暂时还没透露这次出行的消息。所有的人都走了，他静止在一个点上。注视着楼下的马路，他觉得在出汗。所有的窗子都关着。他看到了她，穿了件灰风衣，在大风里走到公交车站那里，等了十分钟左右，钻入一辆出租车里。她不喜欢穿裙子。临近午夜，他确实意识到她到家了，头发是湿漉漉的。没道理可说。来听听这首英国人唱的老歌吧。我保证，我不会巫术，帮我翻译一下。过了好半天，她才打了两个字，幻想。列侬已唱了起来，伴奏的钢琴声清楚地敲击着他脑子里的某个点，就像锥子尖儿在钢化玻璃上反复敲击同一个点，它在慢慢发白，随时有可能爆裂，这让他莫名兴奋……我把脚浸泡在冷水里，这样会把脑袋的温度降下来，我把冰凉的脚搭在窗台上面，这样我就可以顺着那外面的灯光走到马路上，还可以一直走到乡下，看那些母牛带着小牛睡觉，我要带点牛奶回来，在清晨到来之前慢慢喝掉……她沉默了一会儿，"这是歌词？"他说是随意跟着节奏打出来的字。"哦，这样，"她过了几分钟才打出另一行字,"你可以把它们发给那位远方的神秘姑娘啊……"

10

　　那些不断地浮现然后消失的文字,就像那些压缩成颗粒状的调料一样随时溶解,会让你觉得生活变得容易承受些。你在侧着身子是吧,他写道,你刚才没看屏幕,在看着墙上的什么东西。这种直觉是不受思维掌控的,你不知道它什么时候会突然跳出来,让你看到意想不到的场景。比如有一天,他的脑海里忽然浮现头儿赤裸下身站在一把椅子上,俯视着一个女人。后来有一天,头儿找到他,"最近看上去很累么你?没事儿多休息,不要太辛苦,人在过于疲惫的情况下,确实是容易产生幻觉的。"从那以后,头儿见到他最常说的话就变成了,"怎么样,休息得好么?"后来,头儿把他从刑侦科调到档案室,跟另外两位同事搞一个不可能完成的数据库。后来,那两个人先后被调走了,只留下他一个人,什么都做不了。不过有一天下午,临下班前,头儿一反常态地找到他,语气亲切地让他把余下的工作交给那个帮忙的姑娘,做好出差的准备。对,就你一个人去。他得到的资料有限,一张少女的照片,一张陌生中年男人的照片,一个邮箱，一个 QQ 号，还有一个手机号。局里的一个网络专家会根据需要随时给他帮助，但不要联系外地的警方。

11

猜我在做什么呢？

嗯？

对着风抽烟。完全没有味道。有意思的是我在点着这根烟时烧到了头发，像烧猪毛的那种焦煳味儿。

嗯。

我要怎么样才能不让你继续这样嗯下去呢？你就像个小男孩儿，在不停地往水里扔石头，不知道跟谁憋了一肚子气。现在是你躲起来了，不是我，你看，我来了，简简单单的，一点顾忌都没有。可你呢，在扔石头。几岁了？好吧，还是得告诉你，这几天，我病了。没跟你说，是因为没心情，说不出来。生病有时候也是好事，至少会转移注意力。你不觉得么？你在哪儿？

马路上。

现在？深更半夜的，你要去哪呢？

随便走走。

没有目的？

没有。

要不我帮你想想?

不用了。

我准备给你寄个礼物,你不要反对。

什么?

到时你就知道了。在它到你那儿之前,我有个要求,就是没事儿跟我多说说话。不要老是这种怪里怪气的,也不要不吭声,好不好?

我没有不吭声。我写了邮件。

发哪里了呢?

你的邮箱里。

我有好几个邮箱呢,忘了给你的是哪个。为什么不直接发这个QQ邮箱呢?

我只有那一个。

好吧,我想想,挨个找找看。要是我想不起密码,你不要怪我哦。我的记性很差的。再说我的手机号也换过几个了,恐怕找不回密码了。

有只小猫在看我。

野猫。

我走,它就跟着,我停下,它也停下。还知道保持距离呢。

那就把它带回去吧。

我不养猫的。我跟你说过。

哦。我忘了。

没关系。

我在给自己充电。

多久充一次呢?

每天。

挺累的。

是。

12

Y:

临走之前,我回家里收拾行李时,我妈妈忽然哭了。她说之所以哭是因为担心我一个人在外面会照顾不好自己。我都四十岁的人了,她还是会这样,当我是个孩子,说是因为我连个女朋友都没有,这么大了还不想成个家。这让她觉得自己是个很失败的妈妈。我没想劝她不要哭,可是看到她那日益衰老的样子,我还是忍不住劝了几句。后来她终于说出了原委,我们头儿找过她,让她多注意我平时的精神状态,劝我不要胡思乱想,如果需要的话,他可以给我介绍好的心理医生，而且我随时可以休假，休长假，休病假，完全自由，不必有任何后顾之忧。不管怎么休假，都不会影响我的工资待遇。我只好坦白地告诉她，不要听领导乱讲，他是因为有把柄在我手里，才这样说的。这个人就是这样，所有对他有所不利的人，在他眼中都是精神有问题的。对了，那天下班之前，借来帮忙的那个姑娘也很担心地问我，师傅你还会不会回来啊？我很奇怪她会这么问。她说大家都在私下里议论，说我是被领导变相赶出去的，因为他说我精神状态很不稳定，有抑郁症，不，是躁郁症的倾向，有时候甚至还有幻听之类的症状。还有比这更可笑的污蔑么？后来我就问那个姑娘，你觉得我像不正常的人么？她笑了，说我没想过这个问题啊。你除了话比较少，没什么啊。你看，人大体上就是这样的，很少真的会想去了解身边的某个人。

S.

13

在广场边上的商店里，他买了包烟。没他想要的那种浅金底色蓝字的硬包555，就买了包软骆驼。那些白色烟蒂裸露出来时，附近的音像店里刚好传来一阵音乐声，然后是歌声。他点了支烟,深吸了一口之后,听着歌声,就觉得,这烟么,其实也是种乐器,不同的烟有不同的音调,抽烟就是演奏,只是没人听到而已,只能看到慢慢散尽的烟。烟草稳定地燃烧着,烟热烈地触及嗓子,一个男人把嗓子压得变形,声音干涩而又富有磁性地唱着。他深呼吸,侧着耳倾听,像有人在用力敲打铁床的边沿,发出奇怪的轰响,烟飘浮在空中。阳光宁静而又温暖,那感觉就像有人打开了冰过的香槟酒,木塞拔出时发出咚的一声轻响,阳光照亮了狭窄安静的街道,清爽的泡沫蔓延在浅浅玻璃杯子里。街边的门市有几家刚打开店门。一个体态丰满的年轻女人俯下身子在擦洗店门上的大玻璃底部。阳光照亮各种东西。油腻的脸,粗糙松软。刚下火车时的那种飘浮感还在持续,有朵灰云在脑壳里浮着,顶着头盖骨,双腿软绵绵地垂在地上。阳光里偶尔渗出海盐的味道。没过多久,脸就热了,微风凉快。烟丝里有两种色调,深褐与浅黄,他有些不适应它的味道。他喜欢一动不动。像个很小的点。他看了看烟盒,犹豫了几分钟,发现不远处有个红色电话亭。一辆黑色的出租车停在他身旁。司机嘴里叼着烟,看了他一眼。坐夜车很不舒服吧?司机职业地笑道,去哪里?"观前街。"他说。他的手是凉的,脚也是凉的,只有额头是热的。仿佛在跟着出租车行进,阳光照亮了一个又一个街角。在浓郁的烟草汗水汽油混合的难闻气味里,他看着司机的侧面。他们的目光偶尔会在后视镜里遇上,随即错开。街上行人稀少,时间还没开始运行。手表上的指针正安稳地指着五点零五分。他觉得自己发烧了。

14

在旅馆外面,他四处张望。树干上,电线杆子上,墙壁上,都没看到街牌。出租车走远了。他拖着旅行箱上了台阶。阳光透过门上面的那一排窗户照亮了前台,那个中年胖男人穿着圆领的白汗衫,正在那里打着电话,"他/她根本就不知道自己想干什么,那不叫复杂……"轻蔑一笑,胖子放下电话,热情地打招呼,就像昨天刚见过似的,还顺手接过客人的旅行箱,"走吧,还是以前的那间,收拾干净了。"显然,他是这里的老板。"你没怎么变,"他们上楼,"这种烟现在我是抽不动了,我现在喜欢柔和的。我就知道你这回出差,差不多能过来,你看,我猜着了吧?"老板泰然自若。他面带微笑,跟在后面。水磨石地面刚拖过,还有些水迹。他在后面注视着这个胖子的板寸头,听着那上楼时略显沉重的呼吸。"你放心吧,"胖子说,"没人打扰你的。"他只想呆三天。"那是为什么?"老板有些奇怪,"干嘛不多呆几天?现在是休渔期,做海鲜生意的那些人都走了。"他们的脚步声在走廊里回荡。有人开门,跟胖子打招呼。那个房间空着。他们站在门口。淡金色的光线照亮了外面的阳台,看上去干净而又舒服。"都是新换的。"胖子随手拍了拍床铺。外面的街上,出现了几个走动的人,在楼房的阴影里,随后是另一些人,更多的人,各种车辆,骑自行车的人。"好了,有事叫我。"老板接过他递过来的那支骆驼烟低头点燃它的时候,外面所有那一切忽然构成了奇怪的轰响,就像有人高声念诵一句魔法咒语,大大小小的店铺纷纷开了门。这是他在火车上做的最后一个梦。现在,出租车停了下来。司机问他:"怎么走?"停车的地方是个十字路口。他侧头看了看右前方,那里已经没有任何建筑物了,只有刚刚动迁后布满碎砖瓦砾的一大片空旷地带,在里面的几块水泥板旁边,一根断了头的自来水管子正时高时低地喷涌白花花的水柱。

15

S:

先跟你道个歉,我并不是有意不回你的信的。家里网坏了。报修了,过了几天才来人修,然后就是时断时好的状态。偶尔能用了,我又发现自己并没什么想说的。我的生活太平淡了，没有你那么多的内容，随便挑点什么就可以说说。对了，我又开了一家服装店，在市中心那条街上，比原来的那个要大一倍，服务员不好找，我就得常去打理，还要不时上货。还有就是，我倒是觉得，你们领导未必对你有什么恶意，他让你好好休息，也是我想说的。当然我不觉得你有什么问题，你再正常不过了，但你的生活习惯会把你搞得疲惫不堪。外面在下大雨，我没法出门。等雨住了，我会去店里看看，然后晚上跟朋友吃饭。希望你出差顺利，多保重。

Y.

16

高速公路的两侧是连绵不断的原野，长时间看着单调的秋后景象，眼睛慢慢就变得麻木而空虚了。奇怪的念头层出不穷，其实什么都没有，就像水里的气泡，略有停顿就纷纷破碎了。出差之前，头儿又改变了主意，让他先跟同事们一起到海边度周末。能不去么？他问。得到的回答是，不能。穿过夜色和灯光，他跟在他们后面，来到那座到处是大玻璃和欧式枝形吊灯的海鲜自助火锅城里。他们端着盘子，围着长长一排海鲜慢慢走着，表情松弛、目光游离。他去了趟洗手间。她在走廊里打电话。坐到他身旁时，她面色潮红，热烈的气息弥漫周围，真奢侈。活的海鲜，死的贝类，年轻的女服务员声音圆润。那几只先被扔下去的螃蟹在沸腾的锅里开始变红了。胃口开了的人们宽容而又幽默。他们不停地吃着，说着笑话。他吃的那只螃蟹，是自己跳到锅里的，还没熟透，有股腥味。她看着他手里的螃蟹肢体。他下意识地喝了口饮料，摇了摇头。她低下头，看自己的手，然后又抬起头看那些走动的人。他掀开了另一只螃蟹的盖子，有些烫手。她看着他。好像别人也在看着他。他把蟹肉放在她的碟子里，散发着温润的光泽。他们来了，打开几瓶啤酒，杯子反复被倒满酒，他们说你挨着美人要多喝几杯才对。他放开喉咙把冰凉的啤酒一杯又一杯地灌入胃里，几乎感觉不到喉咙的存在。他们大笑。她那肥大的吊腿裤底下，每个趾甲上面都点了些朱红。他们好像始终都摆脱不了那种饥饿状态。血红的免费饮料在玻璃杯子里冒着细泡。累了？她问。他点了点头，失眠。他走到外面，抽了会儿烟。海鲜城对面有个广场，风很大，灯光淡薄，人影稀少。有几根仿古希腊风格的按照弧形排列的高大石柱，每根柱子前面都有一盏硕大的地灯从下向上仰射着强烈的绿光。柱子上面刻的是国泰民安天下太平五谷丰登之类的文字。她站在广场边上，脸庞骨骼轮廓清晰。她不会跳舞，也不打麻将或扑克牌。她喜欢对着电视唱歌。他就坐在她的附近。她的声音不够稳定。她回过头来大声跟他说话。他点点头，不知道她在说什么。他飘浮着。酒精渗到皮肤里，暗红斑点纷纷浮上表皮。他摘下眼镜，用纸巾擦着眼角，她在唱着，全世界我都可以忘记……他笑。她到了他面前，大声对他说话。他没听清。"我是说，你看起来很正常！"她对着他的耳朵喊道。电视里的景物从性感的泳装女人变幻成了蓝色的海。她遮住了屏幕的光亮。她给他倒茶。空荡荡的大厅，乱糟糟的桌椅，她目光幽暗。他感觉胸腔里的肌肉组织和黏膜都僵硬了。后来，也不知道过了多久，她忽然说道："要不要去对面的岛上看看？"

17

S：

（我跟她的对话都是短句。但复制给你，却莫名其妙地变成了密密麻麻的，连行都没分。你凑合看吧。）Y：找不到理由。Z：什么理由？活着的。Y：活着还要什么理由呢？Z：我还是要的。Y：能不能往后稍微退上几步？别拿自己的脑袋去顶墙。Z：你说得好轻松哦，能往哪里退呢？我没地方可退了？Y：其实你可以做点具体的事儿，越具体越好。Z：

什么算具体的？ Y: 比如你收拾一下房间，洗洗衣服，把窗户玻璃擦干净，最好看上去就像没玻璃似的，再把地板都擦一遍，还有厨房里。Z: 你说这些都是针对心理问题的，是对无聊而又空虚的人才有点用处的，可我不是这样的，你明白？并不是叫个人就是因为无聊空虚才去自杀的。Y: 至少你还可以谈谈恋爱吧？不是说有个男孩子挺喜欢你的么？Z: 他么，还是个孩子，比如我对他说，你想要我么？要的话晚上就过来吧。他来了？没有。他怕了。Y: 你把他吓到了。Z: 没有啊。Y: 也可能是你讨厌他。Z: 没有，我讨厌我自己。Y: 为什么呢？ Z: 不为什么。（到这里出现了十分钟零十五秒的停顿，然后才继续下去）对不起，刚才我爸过来了。Y: 他说你了？Z: 没有，他不让我抽烟。Y: 你抽什么烟？Z: 白沙啊。Y: 为什么抽这种？ Z: 因为它比较土气。Y: 不过，抽烟会死得快的。Z: 我倒是要试试抽烟能不能死呢。Y: 不容易。Z: 我昨晚上抽了两包。到现在头还有点昏昏的，可我知道抽烟死不了的。Y: 我接个电话，等一下。Z: 这么晚了还有电话？ Y：我回来了。Z: 嗯。我问你呢，有意思么？Y: 什么？ Z: 跟男人啊？ Y: 哪个男人？ Z: 电话里的。Y: 我们没什么的。Z：是那个警察？ Y: 呵，是他。Z: 他怎么了？Y: 没怎么。Z: 我看你跟他得了。Y: 为什么？ Z: 不为什么啊，你不要我就上了。Y: 你上吧。Z: 那你别告诉他，把你的QQ

借我用用。Y: 嗯，没问题。Z: 真的？ Y: 我说着玩呢。Y: 真没什么，反正没见过，你可以试试。Z: 噢，那我就试试喽，既然你都不在乎，我又这么空。Y: 嗯。Z: 可是我不喜欢抢别人的东西。Y: 这不算抢。Z: 那算什么呢？ Y: 就当看看你有没有演员的天赋了。Z: 好主意。Y: 好么？ Z: 当然。

Y.

18

　　他吃了个苹果。背包里只有这个苹果。平时他很少想起吃水果。它的水分不是很足，可仍旧清香，甜，软。他不喜欢硬的。那些宽窄均匀的果皮掉到了地板上。这苹果可能是妈妈趁他不注意时放的。也可能是他自己随手拿的。他终于还是把它吃掉了。翻出纸巾，他慢慢地擦净刀子上面的汁水痕迹。刀刃在纸巾上割出了道口子。他想象着自己按图索骥找到那个旅馆，然后把那家伙拉到树林里，把枪塞到他嘴里，就像香港警匪片里常有的那样。那家伙身子软了，跪到了地上。他从这胆小鬼的身上搜出了一张小姑娘的照片，露出诡异的笑容。他轻轻扣动扳机，咔嗒一声，那个家伙向后倒了下去，嘴巴张着。他把枪管在那张灰脸上蹭了蹭，又在衣服上抹了抹。这人的裤子里冒出一股热烈的尿骚味儿。他把手枪顶在了那人的裆部,又扣动了一下扳机。那人就抽搐了一阵。后来他让他写下整个经过,按上手印。第二天一早,领导夫妇就到了,保持着镇静,来到女儿的房间里。女孩面无表情地坐在床上,穿着乱糟糟的睡衣,披散着头发,还在跟什么人聊天。领导清了清嗓子,他就把那个家伙带走了。既然移动公司提供的定位明确地指向了那个旅馆,而且没再变过,那就说明那个小姑娘到了那里住下后就没再出去过。奇怪的是,如此简单的任务,为什么偏偏落到他的头上?怎么想都觉得有些诡异。

19

那个小姑娘,给我发了张照片,拍的是她手腕上的一道疤。她说那是十五岁时留下的。那时她还是个胖子,又高又大的胖子。被送到医院抢救过来之后,她就休学了。然后她就每天都吃得很少,就像得了厌食症,什么都吃不下去,硬吃的话就经常会吐。然后没多久她就变成了瘦子,皮包着骨头。

哪个小姑娘?

就我常跟你提到的那个。你忘了?

哦,想起来了。你把 QQ 密码给她了?

没呢。

你们不是说好的么?

她说她没心情了。等有心情时再跟我要。

你的东西我收到了。

好看不?

好看,你从哪儿找到的,这种老地图很少见了现在。

是在我爷爷家里翻到的。估计你会喜欢,就给你了。

你打了个记号的那里,是什么地方?

我家啊。

你知道我想到什么了吗?

什么?

你就像个地下党,偷到了城防地图,标出了最核心的指挥部。然后我把它交给组织,第二天凌晨,几百门火炮同时开火,数不清的炮弹准确地落在了那里——你标出记号的地方,将那里化为焦土。

然后呢?

解放了。

那我呢?

在炮火中牺牲了。

好吧。这个故事好像是外国的吧?

有可能。

那我为什么要死呢?

死得其所。

挺好。你会帮我完成这个理想的,是吧?用这种老套的幽默方式。

想象一下就可以了。

你在哪儿?

火车上。

要去哪里呢?

不知道。

20

后来,她随口问他,去过岛上么?他说没有。窗外是灰蓝色的。他站在阳台上,看着她走远。天色还没有完全黑,不远处还有些明亮的碎片浮动在暗下去的景物中。那几棵树要更黑一些,树皮上的粗糙裂纹正在模糊。自己的眼睛成了黑暗的水面。远处是没有多少光亮的海,看不出波动。"这次事情要是办成了,"她说,"我们有三成的利润。""我不要了,"他漫不经心地答道。"那你要什么呢?"她看着他。他想了想,"我也就是帮个忙么。不要什么。"烟灰落在了外面的窗台上。没风,那簇堆在小碎石子间的烟灰朽败而又寂静,就像在万米高空俯瞰某座史前废墟。烟在浮起、变向、流散。有些嘶嘶的细微响动从胸腔里冒上来。慢慢把烟吸到肺腑里,就不会有过于空虚的感觉了,烟占据了体内空间之后,那些不受约束的想法就会浮到外面,四处飘游。身体里的某些地方,永远也填不满。那只单峰骆驼站在黄昏的金色阳光里,天黑前,手指头隔着塑料薄膜触摸它的身体,有种很亲切的感觉。他没放过上面的每个文字,中文英文,慢慢地拼读,就像一个识字不多的家伙解读家里或者别人的信。

　　这时候,那个她出现了。街上杂乱的声音里,她走过旅馆楼下。她东张西望,好像在找什么。很多人都认识她,跟她打招呼,她懒得理,红色的塑料拖鞋随意地拍打着地面。她扬起头,看那些敞开的窗户。转眼间,她看到了他,冲他笑了笑道:"看见我的小狗了么?"像某部电影里的场景,一个孤单游客,一位无家可归的少女,在异国他乡意外相识了。老套。他下意识地笑了,摇了摇头。他想我从没见过她。眼睛黑黑地晃动。他没多想什么。坐在旅馆门口的老板跟她很熟,招呼她,说好像有只小狗进来过,楼上有个客人有只小狗,没准在一块玩儿呢。楼里很安静,散发着潮湿的气息。有人重重地关上了门。有人在浴间里慢吞吞地洗澡。

有人压低声音说话。脚步声从楼梯口传上来，塑料拖鞋随意地拍打着地面。他回过头去看，发现她站在门口。"找到了？"他问道。她似乎觉得有些可笑，"没啊。"她撇了撇嘴，习惯动作。以后他还会经常看到的。"这里可能只有耗子了。"他说。"你来这里是做什么呢？"她问。"我？顺道看个朋友。"他说。她打量着，空床，桌子，床上的手机、地图、报纸、水果刀、袖珍黑皮笔记本、钱夹、地摊上买的1986年的《外国文艺》、名片本，还有那支圆珠笔。她走到阳台上，探出头去，朝南面指了指，"我住那边。"他只看到一片玻璃的反光。她脸上没表情，随后露出某种神秘的状态，"你朋友住哪里呢？"他想了想，"观前街。""什么街？""道观的观，前面的前。"太阳越过那幢旧楼房升起来了，射来耀眼的金光。她从没听说过这个地方。"什么道观？"她笑道，"崂山道士啊，穿墙而入？"后来，他们伏身窗台上，看着外面的街道上人来人往。她又要去找那只小狗了。他一时也找不到什么话题。"真的，它很可爱。"她边往外走边说道。

21

Y:

我到了那地方。去过了那家旅馆，可是没找到他们。我查过住宿登记，没有他们的信息。老板没理由说谎。他很肯定地表示从没看到过这两个人。他们肯定在这个城市里。她的手机停机了。登录她的QQ也没有任何更新的内容。我跟我们头儿汇报了这个情况。他并不在意这个，只是说就在这里多呆几天吧，但不要惊动当地警方，给你一周时间，到时要是仍然没有线索，你就回来吧。我不知道他这是什么意思。也没再跟他多说什么。因为我有点怀疑此行的真实性了。我知道你会分身术，可惜我不会，嘘，我怀疑我始终都在被监控中，我已经知道的太多了，他们希望我消失，以一种自然而然的方式，在一个陌生的地方。千万不要怀疑我的直觉，它一向准确。我相信我是能找他们的，这样他们的阴谋就不会得逞了，到时候，我会装作什么都不知道的样子，回去，站在他们面前，主要是站在头儿的面前，告诉他我完成了任务。有一种可能，就是她已经把他甩掉了。而那个自以为是的家伙会在这里跟我一样等着她，到处找她，我只要找到他就可以了。说不定没等我回去，她就已经到家了。我开始研究地图了，很有意思。我在旅馆里。

S.

22

　　海在远处，看上去不大，渤海湾的某个微不足道的局部。那些火柴散放在床上，刚好处在光线与室内暗影的交界处。此前，也就是从早晨住进旅馆直到十一点之前，他一直在阳台上看那些过往的女人。她们的步态、神情，不经意的小动作，说话声。她们走过来，走过去，消失。这里好看的女人差不多都是外地的。很久以前的那个下午，在某个瞬间里，他曾尾随一位年轻的北方女人，从旅馆里出来，经过那条通向海滨的马路，一直走到海滩上。她在一个大排档里坐下，默默地吃着烤鱿鱼，喝着冰啤酒，不时抬起头看着不远处的海面。粗糙的海岸线，海风吹过脏乱僵硬的沙石滩，灰绿的海水一阵阵漫过来，爬过裸露的脚面。一只青灰色的小螃蟹摇摇晃晃地爬过那个空贝壳，越爬越远。白天的海，是一种抽象的东西。就算海的气息能使很多过去的瞬间同时浮现，又能说明什么呢？风情万种的海，神秘莫测的海，单调的海，藏污纳垢的海，又老又丑的海，年轻纯洁的海，丰满有弹性的海，充满活力的海，放荡的海，乏味的海，她起伏动荡，在每一个细部都留下阵阵美妙的曲线。她会蜕成非人性化的东西。他有点饿了。从包里翻出在火车买的那盒方便面，倒入开水，扣上塑料盖。她从这里出去时，似乎有些失望。她跟胖子老板有一句没一句地说着话。她没找到那只小狗。他知道她不可能找到它。人都活在自己的想象里。她又一次经过暗淡的走廊，来到他面前时，很认真地告诉他："我想起来了，那个观前街，就在城东门那边，那里有个空场，旁边是道观，里边有一个老道，会看相，看了就会写个纸条给你，让你自己琢磨。据说看得准。"他跟老板借了辆自行车，然后带着她去了观前街。想到这里，他就关上房门下楼了。

　　老板在后面开的那间酒吧里现在还没有人。所有的灯忽然间都亮了。老板站在他的身旁，"喝点什么？"随手把吧台上的酒水单子递了过来。"这酒吧叫什么？"他随口问道。"我不走了。"老板笑道。"什么？"他愣了一下。"是电影里的对白。外国片子，有一天，我的那个坏脾气服务员在大厅里放的，我经过时刚好听到了这句，是个女人对着电话说的。很久以前的事儿了。"他听到咖啡豆在咖啡机里突然蹦了起来，然后是电钻般的响声。他看着外面的街道。一个女人，一只小狗围着她打转，她走路时身体绷得很直。咖啡的香味。老板把咖啡放在桌面上，还有糖跟牛奶，随即看了看外面，"这女人很不错的，刚刚嫁给我一做木材生意的哥们儿，他很疼她。"他出了会儿神，把两张照片放在了老板面前。

23

　　下午五点钟。离上船还有三个小时。这段时间里没什么事可做。她去看她们打麻将了。他没有找到她，就找了张本地日报，上个月的，还有几份同事带来垫东西的旧报纸。他夹着它们走到外面。在海边也能听到麻将声，相比之下，海浪声倒是小很多，这两种声音交替出现。看不到船。灰暗的海。远处还有颜色略深些的海岬。码头在海湾的北边，在这里看不到。那天晚上，他们坐在那只破旧的渡船上，进入黑暗的海。船舱里有股腥臭的气味。坐在里面不多时，他就感觉皮肤有些涩涩的。九月中旬的海上很凉。她注视着左侧的那盏并不高的棚顶灯。他看着她。上船之前，他的嗓子里有股奇怪的味道，眼球是冷的，身体也是冷的，只有头是滚烫的。人在一个很局促却又一时无法离开的空间里，容易接受平时不大喜欢的东西。"我要找到你，喊出你的名字，打开幸福的盒子……"驾驶舱的收音机里，那个女声唱道。信号时强时弱，歌声时有时无，其间的杂音会让人误以为海上正下着大雨。他喜欢海上下大雨。后来，他们抽烟。他几乎忘了她会抽烟了。他不知道该跟她聊些什么。她侧过脸去，透过那个圆形密封的小窗子，看驾驶室里来回走动的那些腿。

不知不觉间,她聊到了她儿子,"他内向,不像我这么情绪化。"她说话的时候,他看着她表情的变化,有那么一会儿几乎没听她在说什么。他看着她的手,它们苍白而又柔软地交叉在一起,像在彼此取暖。

一场大雨过后,天色浑浊而动荡,海风迅疾地经过地面,然后向天空中猛烈扬起一阵冷腥的气息。她拿了把雨伞站在那里,漫不经心地吃着一个苹果,凉鞋里的脚趾头,是整个场景里仅有的微白亮色。天亮前她就站在阳台上。她的脸缓慢明亮起来,阴影退到了背后,退到屋子里。他一时想不起自己是什么时候睡着的。他给头儿打了个电话,这是此前的梦里的情节,头儿在电话里的声音低沉缓慢,充满了疑虑,他们都没有听懂彼此的话。我病了,他说。浑身无力,胸闷。头儿认为这些都不重要,关键是你在想什么,你在哪里,你在干什么,还有,你想要干什么?他说他会按期回去报到的。这不重要,头儿强调道,你什么时候回来,不是我关心的,我只想知道,你在想什么。他什么都没想。这是事实。我想给你打电话,就打了,现在我在想你说的是什么意思。头儿停顿了片刻,那你好好休息吧,不要想了。深呼吸。随着呼吸,他逐渐平静下来。天空并没有再继续亮起来。他感觉她在那里站了很长时间了,穿着那件浅蓝的睡衣。你有什么安排么？她问道。那个海湾出口处的海面，是弧形的。

24

Y:

　　我们坐在海滨浴场附近的一家露天烧烤大排档里，喝着啤酒。烧烤的味道不错，尤其是烤鱿鱼，那种沉浸在孜然、辣椒还有其他调料里的经过炭火反复烧烤后的味道会让人着迷。吃完一串鱿鱼脖儿或鱿鱼爪，再喝下一大口冰啤酒，心里竟会有种莫名的感动。散落到炭火里的调料末激起阵阵火星，鱿鱼嘴，鱿鱼脖，鱿鱼爪，还有鱿鱼的身体。是她先说出自己的名字的。伊春，她说。伊朗的伊，春天的春。伊春也是个地方，你知道么？我听说过，但没去过。她也没去过。据说那里到处都是森林，在大兴安岭深处。她是从海滨那边走过来的。她看了看我，就在对面坐下了。我喜欢她的名字，谁想出来的？她说以前看过一个伊朗电影，特别感动，就用"伊"作自己的姓了，当时刚好又是春天。但是她说她的名字是经常变的。她认真地想了想，"最短半个月，最长么，有一年的。时间短，就说明我刚换地方了。"我说我也想换个名字，换个活法。"再重新找个工作，再找个女朋友?"伊春挑起眉毛看了看我。我说就我自己就够难伺候的了。伊春爱看电影,但很少看电影。那天她之所以进去看了那场伊朗电影,完全是因为看门的跟她熟,见她没事闲逛,就喊她进去,因为里面没人。他还给她买了些水果、瓜子,像对自己女儿似的,等她在黑暗里坐下,说你要是困了就睡一觉。他在门口,有事就叫他。伊春管他叫老爸。每隔半个来月,他就会去看伊春,带些吃的东西。他没孩子。伊春有时很烦他。"他现在找不到我了,"伊春笑了笑,"我现在叫伊春了,也不在固定的地方干活了,他找不到我。"她似笑非笑地看着他。"我是刚到时看到你的,"他说,"在车里,你在路边,后面是个广告牌,你背着这个小包,吃着一个大苹果。你很喜欢吃苹果?""还可以。""我以为你喜欢呢。""你出汗了。"她眼睛里忽然充满了笑意。他也觉得自己有点好笑,"伊春啊,你有空么?""我?有啊,当然有。我现在就剩下空了。我有的是空。"他笑了。她眯缝起眼睛,嘴不大,嘴唇薄薄的。他们顺着马路往上走。阳光透过云层,融化在地面上。空气黏稠。从这里看海,只能看到一角浅蓝。"咱们去哪儿?"伊春面无表情。他也不清楚。她挎着他的胳膊,把头挨着他的肩头。"我跟你回去吧。"她说。"要不你先忙你的?"他说。"反正我也没有什么事。"他的鼻尖渗出了细小的汗珠。伊春忍不住又笑了,"我就跟定你了,现在你陪我走走。"他不能拒绝。整个下午，他就陪着她走过那些光彩纷呈的珠宝金饰柜台，站满了白净漂亮姑娘的化妆品专柜，让人随时都想躺下坐下的家具广场，各种品牌服装区，最后还有婚纱摄影店。后来，他们坐公交车回到海边，继续喝冰啤酒、吃烧烤。他们没再说什么。时间过得很慢。后来，伊春有些不耐烦了，"你不是说要带我过海去吃螃蟹么？"他愣住了。"晚上七点有船。"她得意地抛了个媚眼。据她所知，那里最好吃的并不是螃蟹，而是一种比较稀有的贝类。你看，这就是我遇到伊春的事。

S.

25

她是深灰色的。那天她走过来时，心不在焉地看着什么，像个刚开始独自捕食的小狐狸，没有明确的方向，有些犹豫，绕着圈子。伊春说："我可能会喜欢烂苹果，堆在地上的，墙角的那种，奇怪么？我是觉得那样看上去会很刺激……不过我倒是可以模仿一下你所说的那种女人的样子，你想看么？不麻烦，很容易的事。"几只灰白色的海鸟从灰蓝的海平线上浮现。天空则是淡蓝模糊的。夏季海滨特有的炽烈阳光使他们不得不眯起眼睛。他留下的那些照片里都没有她,而他记忆里却有。"再过几年,你看这照片,就完全不一样了……"那时她很不经意地对他说。他们挨着,面对着镜头。她双手插在牛仔裤的侧兜里,戴着墨镜,下颌略微侧向他这边。她的身材几乎跟他一样高。那时候她总是喜欢眯起眼睛注视一切。她的眼光穿过他,或者越过我,看别的什么人或者东西。

26

后来他们确实去了岛上。在船上时,她跟几个渔民喝白酒,她喝一杯,他们就喝两杯。后来他们笑着说,你太可怕了。那是艘用旧游艇改装的运海鲜的货船。她平静地注视着他,希望他的表情最好不要那么紧绷绷的。她与众不同的地方还很多,比如说,她喜欢冷水浴。我还知道什么呢?她认为他们都是穷人,拿着工资苟延残喘,最后注定什么都留不下。他们是面对面坐着的。后来他坐到了她的身边。他发现烟没了。她从包里摸出一盒555递给他。"这种烟让我着迷了好多年了,"他说,"特别是到了嗓子眼的时候,那烟会稳稳当当地发出它的力度……"后来,她看着自己的手,"我的手,是不是挺漂亮?"船主站在门左侧的舷窗附近，几次往里面看，似乎想知道我们在做什么。船头碰到码头上那道用橡胶轮胎组成的岸之前，船主再次把头伸到了通向驾驶室的小窗口上，注视了他们一会儿。"马上到岸了。"他冲他们笑了笑。他们上岸后，他也上了岸。这时候那场急雨已经住了。她看上去并不是第一次到这岛上来。她知道该上哪里住。到那家旅店后，她去冲凉，然后还要打个电话，让他随意休息，但最好不要睡，等她回来再好好聊一会儿。她为他打开了电视。他问她船主住的地方离这里远么？她说不远，只有几分钟的路。她关上门，穿过院子，跟什么人打了声招呼。电视里正在播放的片子是中英文字幕，说的却是法语，快要结束了：那个退休的老法官拄着手杖回到屋子里，打开了电视，里面正在播报新闻，一艘客轮在英吉利海峡遇到风暴，轮船沉没了，只有七个人被救，雨还在下着，大批的记者把镜头对准了获救者，电视里开始介绍他们的名字，他们惶恐不安，表情一次次定格在画面上，最后，他注意到，那个退休的老法官流露出欣慰的表情。她回来时已是半夜了。电视里正在播报午夜新闻。她笑了笑，坐在他床边的椅子上。"遇见了个熟人，聊了一会儿。他们在岛的另一侧。""你怎么不去见见他们呢？""太晚了，明早赶海市，说不定能碰上……"他告诉她，刚才看了个电影，一艘客轮沉没了，只有没几个幸存者被救了上来，其中有两个人是在船上才认识的,一个男的和一个女的,男的是法官,女的是时装模特,她叫瓦伦蒂娜。那个老法官,他最后还是孤孤单单一个人留在了家里。""你是说结局么?""是啊,我说的不太清楚。""电影的名字呢?""不知道。那个瓦伦蒂娜的眼睛,有点像你。"她想了想,默默看着他的眼睛,然后摇了摇头,"不会的,我太老了。"

27

Y:

我们坐在那个码头附近的大排档里等船来。伊春说船会来的,不用急,它离这里不远了。她是对的。我初次去她那里时,就要她陪我去找那个观前街。我跟旅馆老板借了辆自行车,然后带着伊春,顺着马路一直往东,她说就在最东面的那条老巷子的后边。路边的那些大树上,有很多乌鸦的巢,天黑前,它们就都纷纷落到树上,黑乎乎的满树都是,还有些落在了对面楼房的檐上。天闷热。她像是随时都会睡着。街上人影稀少。我们骑了将近一个钟头。最后发现,那里的房子都拆了,只有一大片空地,堆满了残砖碎石。一根电线杆上,歪斜地挂着个牌子,蓝地白字,观前街。"她以前就住在这里。"我指了指那片空场对伊春说,"在道观南边的一座日式小楼里,她住在三楼最里面的一个小套房中。我从没有去过那里。从来没去过。我梦到过。"暮色里,四周的那些杨树是黑的,一堆砖石里探出一根断头的自来水铁管,喷涌着白花花的水流。几只母鸡在附近晃来晃去。那个道观就在不远处。我们见到了那个老道,穿了身普通人的衣服,梳着牛心发纂,灰白头发,是个瞎子,有个中年女人在照顾他的生活。"先生,是我。"伊春说。道士嗯了一声。那个女人又从后面出来了,手里端了碗米饭,还有一碟清炒苦瓜。道士闻了闻,然后就安静地吃起来。那个女人看着他吃,偶尔看看我们。我说我们走吧。伊春有些不知所措地拉着我的胳膊,到了外面。"她是谁呢?"她自言自语,"以前从没见过。"我说这些你不会烦吧?后来我并没有把伊春带回旅馆。她说她累了,要回去睡觉。我就送她回去了。那是本地最大的浴场。

S.

28

收到你的信了。

哦,什么时候?

今天早上,六点多。

很多。

是啊,很多。你精力充沛。

我只是没事可做。

这么多故事,还没事?

我找不到他们。

那又怎样?

只能呆够一个星期再说了。

我看你活得挺自在的。

我只是随遇而安。

那个女孩,她说不想借用我的QQ了。

哦。

她想见你。

见我?

嗯,她说你有可能帮到她。

什么意思?

我也不清楚。

她又不知道我在哪里。

谁知道呢?

29

　　他们到岛上的时候，天还没完全黑。那家旅馆已经翻盖过了，从小院子的几间房变成了三层小楼，像个影子似的立在那里。她摘下墨镜，在那间屋子里转了转，看了看那个卫生间，然后又回过头来看看他，忽然笑了，"挺好。"是啊，那个床很宽大，足够四个人并排睡了。刚才在一楼的服务台登记的时候，那个老板娘边照着他的身份证填写旅客住宿资料，边打量着她，最后又仔细看了看他，"一个房间？"他点点头。晚饭后，他去冲了凉。他到下面询问老板娘，现在还有早上的海市么？结果是令人失望的。她说没有了，现在是休渔期。他有些失望。她补充说，有养殖的海物卖的，都在东面的那几个村子里，可以在老百姓家吃住，价钱一般都不贵。他在楼下的椅子上坐了一会儿，抽了支烟，有些无聊。星星挂满了天空。夜空几乎是透明的，看到那些星星的时候，会觉得它们不是静止的，而是正向这个岛上慢慢落下。她站在阳台上，穿着白睡衣，灯光从背后照射出来，使她的前面成了阴影。他歪着头看她，看不清楚，知道她也看不清楚他。但他们还是这样看了一会儿。直到她说，上来吧。走廊里的每个转弯处都有紫外线杀虫灯，每隔几秒钟就会一声清脆的轻微爆响声，一只蚊子或飞虫被电死了。院子里的水井边，悬挂在木杆上的那盏灯的白光从纱窗透射进来，在地上画出一个梯形的亮块。他侧身躺着，看着那个亮块。她低声说两点多了，然后就点了支烟，问他要不要。他不想，嗓子有些肿。"你跟你女朋友在一起多久了？"她很随意地问道。我没有女朋友，他说。"以前呢？"没有。"怎么会呢？"不知道。"不相信女人了？"说不清楚，有点神秘。她笑了，"不神秘，没人真的会喜欢神秘。内容太多了不好。"很多男人都喜欢你，他说。"那不是喜欢。我呢，知道这个，不想把他们拒之门外，那就没意思了，知道么，让他们想着吧。"嗯。"我见的那个男的，是前男朋友，他说他还想着我呢，我呢，也不烦他。可我们不能奢望太多……过来吧，挨着我。"有黑暗中，她好像很快就睡着了。他听她的呼吸，很平缓。后来她低声说，把手给我。犹豫了一下，他还是把手放在了她手上。忽然地，她低声笑道，我想点什么。他闭着眼睛笑了笑，没出声。她在背包里翻着，又去洗手间洗东西。她回来了，重新躺下。他闻到了梨的香味儿。

30

他在旅馆后面的咖啡馆里坐了将近一个下午。胖子老板坐在吧台里面打电话，粗壮的胳膊伸到了台子外面，手里捏了支烟。放下电话,胖子转过头来看他,表情非常奇怪。出什么事了?胖子点点头,表情凝重,"是。中午的事,那个电影院看门的,把一姑娘带到树林子里,把她勒死了。然后自首了,说他就是想死。"刑警队院子外面挤满了群众。法医验过了,除了颈部,没有其他伤害。他在外面站了一个来小时,见没什么结果,就独自回到了旅馆里。过了一会儿,老板也回来了……他忽然醒了,发现自己还坐在咖啡厅里。老板笑了笑问,做梦了吧?他说是啊,梦见有人死了。老板若有所思地看着他。他在想着伊春,平淡得不能再平淡了。昨天晚上,伊春失眠了。老板后来问他,你们那里离这里究竟有多远?他说坐汽车走高速大约要五个多小时吧。老板低头琢磨了一会儿,接着又问:"那你是做什么的?"他没言语。老板眯着眼睛,看手里的那支烟,吹了吹烟灰。"我们这里地方不大,要是有外地人,不可能不知道的。"他一时不知该说些什么。船一直没有来。天黑以后,他们开始喝啤酒。她的脸红了起来。后来,她抬起头,醉眼蒙眬地看着他,"天黑了,我们去哪呢?"她就站了起来,背起那个包,"我想骂你了,刚才。"为什么?"不知道。看你的样子,又觉得挺可怜的。"他看着她,我看起来很可怜么?她点了点头,"是。"

31

"我到了，你的地址是错的。这里也没人知道你。说明你的名字也是假的。"他在邮件里简单地写道。也在 QQ 里留了同样的话。

等了一天，她终于在 QQ 里回复了，"你不是出差了么？怎么会来找我？"

"我不是跟你说过么，我是欲望之犬。当时你还说，一击中的。"

"真可惜。你现在能确定我是谁了么？"

"不能。"

"那你又怎么能知道我在哪里呢？"

"地图上标出来的地方。"

"地图？你确信那不是另一个人寄给你的？"

"不能。"

"可能我们都见过了呢？只是你认不出来而已。"

"我无所谓的，随便你是哪一个……我没找到那个离家出走的小姑娘。"

"你真的是为这个来的？"

"什么线索都没有。后来，头儿才告诉我，这事已经结束了。小姑娘又自己回家了。至于那个拐走她的家伙，也不用找了。他说到此为止了,不要再节外生枝。你看,这个世界上的事儿就是这么有意思。"

"你很会讲故事。"

"他这是在驯化我么?他还让我借此机会随便转转,散散心,调整状态。这算是一出什么戏呢?"

"我真的累了。"

"然后我就来找你了。坐大巴两个多小时就到了。我就住在离你很近的那个旅馆里,三天了。我给你发了那么多的邮件,你都没回。你的邮箱和QQ号都给了那个老想着自杀的女孩了?"

"你觉得,我该怎么回复你才好呢?我不是一直在配合你的想象么?那个观前街,是我梦到的地方,我跟你说过的,对吧?"

"是啊,我找了很久。那些出租司机一定以为我是精神病院里出来的。有几个说从没听过这个街道,有几个说,好像是有的,就载着我满城地转悠。"

"我只能说,你可能真的是疯了。"

"对于我来说,这至少是有新鲜感的事儿。是某种变化。这些天里,我筋疲力尽,发低烧。我躺在床上,醒来的时候,就会想到你,觉得你在怜悯地看着我。"

"你想要什么呢?"

"不知道。"

"知不知道，其实都不重要了。你在那里，我在这里……我可以是任何人。你也可以。"

32

那天他在床上躺了一白天。晚上六点多，有人敲门。他爬起来，去开门。外面站着伊春。他愣住了。"是我，"她说。"你？"他甚至以为自己还在梦里，就伸手摸了摸自己汗津津的脸，"你还认识我么？""你说呢？"她歪着头反问，"要不要我来讲讲跟你有关的事呢？""好吧，那就讲讲吧。"他转身回到床上，躺下了，仰面朝天的，闭上了眼睛。他听到她也进来了，好像是坐在了床边。"比如说吧，我知道你的办公室是什么样的，用的是什么电脑，之前你在局里的档案室还待过一段时间，那里有很多窗户，很多玻璃，对吧？"他睁开了眼睛，看着天花板上的那盏冷白的圆形吸顶灯。"还有啊，更私密些的事，有一天，你梦到自己帮过一个女人走私汽车，然后你什么好处都没要，还被人到处追杀。你们去那个海岛的时候，你还以为她是喜欢上了你。实际上，她跟哪个男人睡，完全看她的需要。你还不承认你喜欢上了她。说你只不过好奇而已，只不过是她有某种神秘的气息而已,你总是喜欢把自己撇清。可你后来不是也承认自己对她是有强烈的欲望的么?你还很矛盾,对于这种肉欲感到惭愧,可你还是有很强烈的欲望的,对吧?"他坐了起来,目不转睛地注视着她的眼睛,"你……""你觉得我是谁呢?"她似笑非笑。他下了床,在窗边站了一会儿。然后他又回到了她的面前。她坐在床边,仰头看着他的眼睛,非常的淡定,"是我么?"他一把将她拥入了怀中。他在颤抖,额头滚烫。她轻轻拍了拍他的后背,然后把他推开,自己坐在了床边。过了一会儿,他似乎好了些,也坐下了。"为什么你会相信我呢?"她问,"你把我当成了你那个远方的姑娘了?万一我是那个想自杀的呢?不是很麻烦?"他从枕头下面掏出了那把手枪,递给了她,"那就成全你好了。不要指着我。"她忽然大笑了起来。他觉得自己困极了,必须立即睡下了。她要去洗个澡。他说好,没等她出来,就睡着了。现在,他想,还来得及。后来他感觉到,她躺在了他的背后,可是他无论如何都睁不开眼睛了。不知道过了多久,他隐约闻到了烟味,好像还有大麻的味道。他觉得她好像整晚都在说着什么,但又好像只是安静地躺在他后面。

33

  天色蒙蒙亮时,他还在一个梦境里。后来,不知道过了多久,他半梦半醒的,隐约感觉得到,她坐了起来。他听到了什么奇怪而又熟悉的响动,随后又恢复了寂静。过了一会儿,他好像听到了扣动扳机的声音。轰的一声巨响。太近了。他闻到了一缕焦灼的气息。他感觉她又重新躺下了。后来,他觉得自己终于能把眼睛睁开一道缝了,就习惯性地看了看手机屏幕,有个短信,不是伊春的,而是她的,只有三个字:"我睡了。"

2017 年 9 月 23 日

南海

1

巨大的玻璃幕墙，灰亮的停机坪，那些飞机。它们那迫近的庞然躯体，过于触目了，那些粗糙的接缝，污垢的花纹，腹部张开的货舱，看久了，会怀疑它们能否飞上天去的。当然它们总会飞上去的。没人留意它们像大鸟收拢双腿那样收了起落架，缓慢仰起头，剧烈地摩擦着空气，摆脱地球引力，渐渐模糊，慢慢清晰，越来越远，越来越小，像个玩具。等飞得足够高远了，就显得精致起来，像银鱼，滑行在寂静透明的深海里，而下面的尘世，则如同海底的倒影，无论是城区还是乡野，都布满了暗礁、孔穴、泥沙，还有海藻、珊瑚……它们缓慢移动，甚至轻微摇晃，吸引各种微小生物成群结队而来。

他对人群没兴趣。他们走了。他们来了。无需区分，他们是他们，而不是某个人，不需要眼光的停留，就像因气候恶化而失去季节意识的候鸟，他们无规律地频繁迁徙，嗡嗡叫着来，又嗡嗡地离开，不知何时又忽然回到了这里。那时候，吸烟区还没有取消，他厌恶里面那股令人恶心的濒临死亡的烟臭味儿，那些目光呆滞的吸烟者，甚至视他们为离死不远的人，可他还是宁愿待在里面，坐在他们中间，待上很久，一支接一支地抽烟，只要嗓子受得了，没到要吐的地步，只要烟盒里还有烟，他就会抽下去。

多数烟都被他迅速地吐出去，去驱散别人的烟，随即也被吞噬，但也足以让他享受到那点诡异而又躁动的畅快，体会到那种强迫症般抽下去的欲望。所有的烟都在反复经过所有人的肺。他不喜欢抽烟。他需要抽烟。"吸烟有害健康"。可健康也会令人愚蠢。健康的人也会死的，大家殊途同归，前脚后脚而已。说到底，凡事皆有代价。有时候，他还会把自己想象为那种老式的蒸汽火车，只有冒着滚滚的浓烟，才能轰隆隆地奋力前进，尽管到头来很可能是无处可去。

他很想再详细些为你描述在机场里停留时不断浮现的感觉。它们让他迷惑，也让他莫名迷恋，可是现在，他却想到了别的事。在这种时候，他清晰地感觉到，属于自己的时间正飞快地流逝，就像沙漏里的沙粒，不停地流下去，都所剩无几了，而下面却并未慢慢隆起新的一小堆细沙。他的这个沙漏是没底的，沙粒流下去就无影无踪了，就像他心里的那

伊春｜南海

些词语，消失了。

在失语症到来之前，要是你在，就能修复那个底部了。那样时间也就会停下来，重新聚积……既然想到了你，那就顺着这偶然的线索继续想下去。在他的意识里，此前，此后，任何随机浮现的，所有随机沉没的东西，都是他还活着的见证，仅此而已，毕竟离坐着等死的状态还有段距离。

2

你还不了解他。你只是随意想象了一下，他就出现了。一个你原本无法想象的人，浮现在你面前。你把那本奢侈品杂志敞开着放在旁边刚空出来的座位上，他就盯着那占了两个页面的劳伦斯·布洛克的黑白照片。在那个机场里，下午，临近四点，你坐在离登机口不远的位置上。几乎所有的位置都坐满了人，还有很多人站着，围着给手机充电的地方，围着堆放在地上的行李，甚至还有些人围着垃圾桶。那本杂志里多是广告图页和软文，唯一可看的，就是那篇劳伦斯·布洛克的专访。关于这位作家，你知道，为了对抗抑郁症，他曾迷上了徒步和马拉松。你不喜欢那些迷恋运动的人。你从来都是个不运动主义者。

你注视着他。这个看上去形象气质有些黏稠的中年男人，整体轮廓都在变得模糊不清的人，皮肤是油性的，易出汗的，无论是面部，还是身体，线条都是软绵绵的，有时你甚至觉得这是轻微浮肿所致。他试着跟你搭话。你知道这只是因为他需要说话，跟某个人，某个让他觉得多少有点奇怪的陌生人。人人都有这样的时候，在某个时刻，某种环境里，比如机场，漫长的等候，在飞机上。那时他还不知道你是做什么的。后来想想，你甚至觉得你们的对话方式有些幼稚。当然这也没什么，如此对话也自有其微妙的状态。之所以没跟他谈及你的职业，是不想让这个刚刚构建起来的微妙语境转眼瓦解，落入琐碎而又惯性化的日常状态。而幼稚的话语能令人轻松，能让某种闲置已久的功能被意外地激活了。只是，你仍旧停留在离他不远的某个点上。你需要距离。而他刚好就像距离本身的某个侧面。

你怕麻烦。你也不怕麻烦。最麻烦的，难道不是一切都成了习惯？真到了没有任何麻烦的时候，你就会变成自动运行的机器，让时间和空间都失去意义。你在他的世界表面猜测，透过你所看到的，听到的，想到的，一切。你不想判断什么。所有判断都是某种惯常逻辑的结果，会让你在乏味中不知不觉地窒息。你喜欢把所有打好结的地方都解开，恢复无序，让所有的线头像海藻那样漂浮在那里，在黑暗里闪烁着磷光。而他则刚好相反，更愿意把它们重新联接起来，哪怕是恢复某种古怪的秩序。这无头绪的猜测过程，的确会满足你的好奇心与自娱自乐需要，也会让你陷入虚浮之境。

他侧着头，在与那个劳伦斯·布洛克默默对视。那个很容易让人想起大侦探波洛的老光头，穿了身名贵的黑天鹅绒套装，敞着怀，露出暗红的丝绸圆领衫，手里捏着一副金丝眼镜，另一只手的拇指则插在腰带里，眼神自信地看着某个地方。你耐心地等着他看完。当他意识到这一点的时候，瞳孔不经意间忽然放大那么一下，就像海里重新游动的水母。嗯，他的航班延误了。而你还要等一个小时才能登机。看不出他有急于要离开的意思，不像那些听到航班延误的消息就躁动起来的人们，他几乎没有任何情绪变化，就好像根本不想走。像没事似的，他对你说他测量过这个候机大厅的长度与宽度，从这边走到那边，再从左边走到右边，甚至还走完了对角线。有时忘了，就再走一遍。要到后来，他才会告诉你，他觉得你就像这座巨大的机场一样稳定，什么都装得下，又不会被占据。

"写得太多了，这个老家伙。"他若有所思道。

"不写那么多，"你说，"他是会死的。就像要是不徒步，不跑马拉松，他也会死的。"

你不大关注美国作家。你喜欢的都在欧洲，五十年代以前的，不过要真让你说说看过哪些书，就发现已忘得差不多了。遗忘真的是让一切重新开始的良药。这时候，你男友又打来了电话。他默默坐着，继续看那杂志上的肖像。他尽量显得没在听，而是专注于那个可爱的老光头。他显得有些拘谨。他把手放在两腿之间，尽管候机大厅里并不算冷，但给人的感觉是他想用这种方式让手感觉暖和一些。这是个非常女性化的动作。

他并不知道这位畅销侦探小说家后来得了抑郁症，为此跟妻子在西班牙徒步走了很久，对抗那种不想活下去的冲动。他很少关注作家的私生活。他只知道这位作家曾为王家卫的某部电影写过脚本。你说话时，发现他仰头望着空中，不知道是在认真地听着，还是在走神。当你说，其实这些也是从那个访谈里知道的，他正伸出右手，慢慢摆动，像在感受中央空调吹出的冷气究竟是什么流向。

3

"你们很幸福。"他忽然放下手，看了你一眼。

你只不过是对着手机偶尔说两句，在他看来，就是所谓的幸福。你低头把手机重新放回包里。那是个很大的包，里面放满了东西，你喜欢这种满满的乱七八糟的状态，找什么都要翻半天……包里露出一本书的书脊，怀特海的《过程与实在》。你喜欢在旅行中带上一本难懂的书来消磨时间。

这时，一组空乘人员从你们面前经过。那些空姐穿着红色的套装，脖子上系着有碎花的红色绸带，摆动着好看的小腿，拖着旅行箱，高跟鞋稳当地敲打着光滑的地面。为了打破这古怪的沉默，你就开玩笑说，要是找个空姐做老婆，哪怕就是摆在家里看着也不错啊。他不自然地笑了。他的牙齿不好，笑时抿着嘴，所以会生成那种近乎刻意的与年龄不符的腼腆。你喜欢倒数第二个空姐走路的姿态，腰很细，以腰椎最后一节为中心摆动，单纯而又风骚。

"她们就像，"他想了想，"卡通里的人物，不是很真实的感觉，没什么温度。"他低下头，继续说着，"卡通片你喜欢么？有段时间里我喜欢，看了不知道有多少，整天晚上都泡在里面，后来我才意识到，人们之所以会喜欢卡通片，是因为里面的人物或动物是不会死的……那些电影里的人和动物就算你明知道他们是不可能真的会死的，但你也还是会认为，他们要是在电影里死了，就是真的死了。"

"你的意思是，那些空姐也是不死的，因为她们都像卡通片里的人物？"

"当然不是，她们也会死的。死在某个地方，比如，机舱尾部的座位上，系着安全带，张大了嘴巴。"

你仰头看了看候机大厅的空间，那些从棚顶垂下来的白色管状细柱联接了东西两侧的玻璃墙顶端，有点像巨大的动物骨骼化石，准确地说是肋骨，坐在这里，看着它们向大厅的远端一排排延伸过去，会觉得自己仿佛不是在机场里，而是某个博物馆里展示远古巨型动物化石的区域，你有些走神。都是遗迹。所有的一切，活动的，静止的，发声的，默然的，一切，都是遗迹。没有任何一个是与你有关的。眼前的这个人，就像遗迹中唯一还存在的，你们就像出现在遗迹上的野狗，一路嗅着，在这里碰上了。一定是有某种气息把你们联系在一起的。这是别人不可能会注意到的。没人看你们。

这时，你的手机又一次响了。

是妈妈。天气预报说，明天北京降温，还有大风，南方也降温，有十度呢。可是你已经穿得够多的了……总之不管你如何回应，妈妈都会一直联想下去，要是不加阻止，差不多能把你出生至今的很多事都重温一遍，还要夹杂着大量互不相关的事，比如邻居家的女婿被警察带走了，三个月后又忽然放了出来，体重减了三十斤；谁的女儿做整容手术失败，一年内不能出门……你甚至会边听边想，要是给她配上饶舌的音乐，那她就会成为饶舌歌手，你在心里打着架子鼓在弹着贝斯，而她则在你的节奏里饶舌不停。

你耐心地听着，至少要听上几分钟甚至十来分钟吧，然后才能平心静气地跟她说点什么无关紧要的话，我跟你说啊，我在机场遇到个男人，他一直在观察我，就在我旁边坐着呢，不，看上去不像坏人，放心吧，我就差穿上铠甲了。说完这话那一瞬间，你甚至会觉得自己根本不是在出差，而是要远征毛里求斯或是马达加斯加。他四十几岁了？也可能还要大一些。不像北方人。口音也不像，接近于规范的普通话。

他的样子其实要比实际年龄老得多，以至于经常会有人误以为他都快要五十了，不过还好，他习惯了。作为容易习惯任何误解与尴尬局面的人，他从不会去试图纠正什么，而是会很自然地与对方继续聊下去，就好像他就是人家猜的那个年纪，做出特别喜欢聊天的样子，很多时候他都尽力这样，跟各种陌生人，还有那些熟悉的人，甚至是那些他根本就不喜欢的人。他有一种天赋，就是能在几分钟内迅速地消除彼此间的距离感和陌生感，反之亦然。他跟你就是这样的。

4

后来，从他拍的照片里，你看到了那个房间，那些乱七八糟的东西，散落在沙发或者床上的衣物，硬木地板上堆着的水果，主要是香蕉跟橘子，围着床头堆了太多的书籍，落地灯的金黄光线打亮了那些薄厚不一的书脊，以及旁边的几百张电影光盘，从哪个点上能顺利切入到他的日常生活里呢？那些扔在电脑桌上的香蕉上有很多的小黑点，旁边的那几个橙子有些脱水后的抽搐感。这是因为他从来都懒得去理它们，就像懒得去拖地板，懒得去抹掉家具上的灰尘，懒得去把脏兮兮的厨房、洗手间清理干净。

他好像总是处在那种懒散得不能再懒散的状态深处。他并不在乎这些无序之物，说这是他用以对付每天都会落到他头顶的各种日常秩序的，那些香蕉那些橙子都是为他而牺牲的烈士，这就是李代桃僵的意思，他之所以至今还是个活着的人，而不是活死人，主要就是靠它们替他去腐烂，去干瘪，被灰尘包裹而实现的。也许哪天发现身边再也没有能替他去死的东西了，他就会忽然来了感觉，会出人意料地勤快起来，敞开窗户，把家里打扫得干干净净，把所有东西都理清归位，再买些新鲜的水果，放在桌子上，于是一切又恢复了重新开始的状态，就好像他又一次为自己拉起了队伍，又可以让这个废墟般的住处固若金汤了。谁知道呢？

他又去抽烟了。看他走路的样子，有些心事重重。过了很长时间,他又回到了这里。他面无表情地扫视着这巨大空间里的一切。他喜欢待在任何机场的候机大厅里。尤其是接人的时候。他并不经常坐飞机出门,倒是经常会去接机。他常希望接不到人,航班取消了,或是延误了,这样他就可以在那里待上很久,直到到达和离开的人们都消失殆尽。他喜欢那种人影全无的空空荡荡,时间也消失了,只剩下空间,在空中看下来,就像一个发光的中空斑点。

他搓了搓手掌,然后仔细地看着自己的手纹。

"这么大的空间,"他若有所思地说,"碰不到一个熟人,好像它整个就是你自己的,那些不认识的人不断出现,离开,也不会影响什么,没有比这更好的地方了,对不?"

你想了想,没说什么。

过了一会儿,你让他帮你照看一下行李,你去洗手间。其实你也是去吸烟室,当然,也是为了顺便打个电话,给男友。他正在参加朋友家的聚会,他们在喝酒、聊天,然后打牌,背景声音喧哗嘈杂,有人在尖叫,有人在放声歌唱。跟男友,你并没有什么想聊的,只是跟他描述一下自己此刻的状态,你觉得自己的身体忽然有些虚弱,前所未有的虚弱,而这个候机大厅,就像个废墟一样,空气稀薄,你有些呼吸困难。你总是能隐约闻到某种腐败而又冷漠的气息在围绕着你,似乎在寻找着你身体的空隙,然后好钻进去,腐蚀你的内脏。男友听着,没说什么。后来你也沉默了。这种不约而同的沉默,转眼就汇聚成了一个黑洞,能吞噬任何东西。

"好了,现在没事了。"你说。又点了支烟,深呼吸。

他坐在那里,侧歪着脑袋,看着旁边的那份画报。等你坐下,他说起这个人写过一本很薄的小说,暗红的封面,写一个父亲,是个有声望的神父,儿子是个同性恋,与一个漂亮的姑娘合租房子。那姑娘是个高级妓女……故事开始时,那姑娘被人杀了,那个小伙子赤裸着身子跑到了外面,然后自杀。警方认为是这小伙子杀了人。但姑娘的家人不信,就请了私家侦探,一个退休的警官来调查。你本想听他讲完这个故事,但这时开始登机的广播响了起来,你得去登机了。他有点失望。你完全是习惯性地递了张名片给他。他没带名片。他仔细地看了看那张名片,然后把它放到西服内兜里,"心理咨询师好啊,没准哪天我会找你做咨询的。"

你把那份画报留给了他。他不要,说是看完了。你说你也看完了,要是他不想要,那就丢在椅子上好了,留给别人看。在登机口排队时,你没有回头。你能感觉到他在注视着你。

5

两个月后,他到机场接你。看上去他似乎年轻了些。坐在国内到达出口对面绿植带旁边的椅子上,他漫不经心地翻本旧书。在之前的那些邮件里,他以一种你不喜欢的方式解释过自己对书的癖好:书么,就像是他的后宫里的女人们,每天可以随意临幸哪一个。你回复的则是,你忽然觉得,他就像《一千零一夜》里的那个被王后背叛的国王,而那个叫莎赫札德的聪明姑娘为了阻止他滥杀女人,就挺身而出嫁给了他,为他讲了一千零一夜的故事……书里没有说的是,在讲完了所有故事之后,她就离他而去了,也正因如此,他的宫里才会堆满了书,而那些书里不过是《一千零一夜》那些故事的各种变体而已。当然你没想到,你只是这么随口一说,会导致他有大半个月都没再给你发邮件。

通过邮件,你了解了他的一些生活。其实也就是姑妄听之。出于职业的习惯,即使是面对那些喜欢编故事的人,你也兴趣浓厚。后来他说了很多,美食,音乐会,还有书店,甚至还有去洗桑拿的事,就像一个孩子给客人展示自己的玩具。他说,我不喜欢隐藏什么。当他把这么多信息密集说出来时,你却觉得,后面有的,是巨大的空洞。他没有他描述的那么开心。喜欢随意袒露自己的人,通常都是容易令人厌倦的。当然，不宜说穿。你是个倾听者。他还讲了几个朋友的事，都是老男人，其中一个是他的发小兼领导，身边总会跟个长得像人造模特似的女人。他还说到一个生活在绝望边缘的职业撰稿人，是他认识了有二十多年的朋友，一个总是会莫名其妙地对他生出诸多不满和憎恨的人。还有，他的一段颇为遥远的感情经历，以及那些匆匆路过他的女人，她们以各种方式出现在他的生活里，然后消失了。他讲得很细致，讲得太过圆熟了。而你并没有厌烦，你总是耐心地听下去。

　　北京已下过雪。这里仍是深秋天气，下过雨，潮湿阴冷，早晨大雾，很多高大建筑物都有半截消失在了雾里。他以为你的航班会延误，实际上一切正常。天晴了。阳光有些疏远。你的行李有些多，多出了一大拖箱，里面装满了只有你妈妈才能装得下的东西：衣服、毯子、各种日常用品，还有书。他的样子仍旧有些拘谨，站起来，顺手把那本颜色晦暗的《The End of the Affair》搁到了布手袋里，接过拖箱，走在你右侧。

　　天黑了，他点了支烟。出租车司机提醒他车里不能抽烟。他就把烟丢到了车窗外。司机不大清楚你们要去的地方该怎么走，紧皱着双眉，注视着后视镜，那意思就好像要是没碰到你们，他就可以想去哪就去哪了。他也不清楚。在这城市生活六年了，他竟然都没去过那个地区。你拿出旅行地图，找到了那个交叉路口，指给司机看。你的同事就住在那里，她本来是要来机场接你的。你们的心理咨询公司上海分部还没正式启用，要一周后才能进驻，到时你的住处也会在那幢楼里。从现在开始，你每个月都会有一周待在上海。它是那么巨大，有很多狭窄弯曲的老路，无论是步行，还是乘车，时间久了都有种被那些路反复缠绕的感觉。

进入市区后，车速就变慢了，走走停停。街灯与车灯交错照亮湿漉漉的地面，一些很大的落叶黏附在地面上，被往来的车辆轧来碾去，似乎也不会烂掉。树上还有不少叶子，影子似的偶尔晃动几下。他说那些都是法国梧桐。你笑着点了下头，没说什么。你把地图折好，放回包里，借车窗透进来的灯光看了看他，看不清脸庞，但能看见眼睛，正对着前方出神，就像透明的棉絮似的浮现在闪动的灯光里。一个人究竟被日常生活耗掉了什么，都能从眼睛里找到答案。这个人，浑身上下似乎都旧了，唯独眼睛还是新鲜的。他给自己造了件不错的外壳，有些粗糙，但足以应付那些日常琐碎的人事了。可你并不急于了解他。还有时间呢。

你的同事是个高大健壮的女人，有着修长而有力的腿，是你喜欢的那种有活力而又经历丰富的女人。她的桌子上总是摆着鲜花。你不喜欢任何花。对于她来说，每种花都能代表点什么,都有自己的语言,而对于你来说,它们什么都不代表,或者,一定要说它们能代表什么,那就是离死亡很近的喧闹。她说你明明就不是个悲观厌世的人,却非要做出生无可恋的样子,真是居心叵测,就像那种森林里的变色蜥蜴?我还要伪装么?你笑道。当然,她打量着你说道,人人都需要。她的皮肤略黑,眼光火热灵活。你们拥抱了一下。她顺手捏了捏你那扁平的屁股,你那位怎么就舍得放你出来呢,你这么一个不让人放心的人?当然,她向来知道,你是个想干什么就干什么,不管做什么都能拿捏得准的人。

房间只有一室一厅,有个不错的阳台,挂满了衣物。这里是三十楼。外面远处的高架路仿佛是道长长的闪耀的珠链,看上去有些寂寥,但加上附近楼宇斑斑点点灯光的点缀就好多了。她穿着高筒皮靴在屋子里走来走去,边打手机边抽着细长的烟。她要去某个爵士乐酒吧,跟几个朋友喝酒。你实在想不出那种鬼地方有什么好去的。你拿着遥控器,不停地换着频道,直到电视里出现几十年前的一场音乐会的画面才住手,画面是黑白的,一个瘦男人坐在钢琴前,手指轻巧地弹动着键子,在那个装饰华丽而花哨的大厅里,坐满了表情神圣而显得有些造作的中老年人,二楼的包厢里有些人还在悄悄地交头接耳。

你忽然想起来,他还在下面等着呢。果然他就发来了短信:"这里真安静,那些冷杉树,干干净净的,一点叶子都没有了……"你下意识地换了个频道。电视里,一个漂亮的欧洲姑娘在餐桌上跳着踢踏舞,跳着跳着,就把内裤脱下来了,裙子还在,可你不知道她是怎么弄的,周围的绅士们微笑着鼓掌,"干邑和年轻的美女"。这都是些什么啊。恐怕再也没有比看电视更堕落的事了。他又发来了短信:

"刚才,在你们楼下,我看到几只野猫,在花坛后面的草坪里,发出古怪的尖叫声,可是现在又不是什么发情期,它们叫个什么呢,叫得那么难听……我只好到外面的街上等你了。街上车辆很少,人也很少,有对穿睡衣睡裤的夫妇,牵着一条穿着马夹的小狗,从小区里出来,往另一边去了……还有一对恋人,在旁边的树后面,不说话,就在那里慢慢亲嘴,那个男的用力摸那女孩子的屁股……门卫室里的那个老头子,嘴里叼着根烟,时不时地看我,肯定是觉得我有些怪异。"

十多分钟后,他站在了客厅门口。

正准备出门的她,仔细打量了他一番,回头对你挤了下眼睛。你知道她向来对这种类型的男人毫无兴趣。

"你养猫么?"她出门时忽然问他。他有些诧异。

"哦，"她若无其事地说，"我看你衣服上有些猫毛。"

"我有过一只猫，几年前的事了。"

"然后？"

"就没有了。"

"哦，好吧。"她耸了下肩，"听起来，不是个好故事。"

他坐到了电视机右前方的那个懒人沙发里，那东西在他身下变形，溢出深灰色的周边，就像是没来得及完全打开的降落伞。"真舒服啊。"他叹了口气，"有种忽然落了地的感觉。我好像很久没有这么放松地坐在哪里了。你不要笑，真的就是很久了。"

后来，在几公里外的一个广场旁边的川菜馆里，菜点多了。你没什么胃口，胃里还有些反酸。从登机前直到现在，你的胃几乎是凝固的。他在讲公司里的事。他的那个发小领导，如何富有心机，把控人心，总能让他们就范，让他们像橙子，老老实实地滚进榨汁机，一个个地被榨干。后来，他可能是忽然意识到你几乎没说什么，就不说话了。

这时候，周围吃饭的人也没几个了。对面悬在半空中的电视上，画面是晚间新闻，说是新的台风正在南海生成，预计会在两天后在北部湾登陆，中心风力将达到十二级。在更远的地方，距离南海有一千六百多公里的洋面上，还有一个规模更大的台风正在酝酿，它生成后可能会掉头直奔西南方向，最终赶到这个小一些的台风这里吞掉它，然后再横扫台湾岛后登陆。

他说他会在月底出趟远门。这个计划之前你并没听他提起过。现在到月底，还有十几天。他大概要去一周左右，到海南最南端的某个风景优美的海滨小城，去参加一个广告行业的年会，或者只是个人休假，或是兼而有之。他喜欢那里的海，最南面的海。最后，他问你有没有可能一起去。我得想想，你说。

6

那些树近乎占据了整个空间，看上去却很遥远。黑色的粗线条在交错中透露出暗白的气息。树林里还有些细碎的自然光线浮在枝叶间，就像史前的某种发光昆虫，停在那里，被什么东西粘住了，慢慢变成乳白的斑点，有的湿漉漉的，有的干枯了……这时候，从窗边镜子里折射来的那束绚丽得有些怪异的阳光忽然隐入了暗紫色的云层，再也没有出现。而天花板上的射灯，则在树林上恢复了均匀的光圈。树林边上的那个人，仍旧是那样，俯下身去，脱掉了外套，没别的动作，就像一个随意的并不饱满的顿笔，有些毛绒绒的物质从边缘上隐约渗透出来。

　　他站起来，慢慢靠近那幅画，让构成画面的那些笔触逐渐呈现，好像在生长。它们并不像画面那样笼罩在幽静暗青的气息里，也没被射灯光线涂成金黄色，初看上去它们彼此很相似，细看就各有不同了。就是那么一个姿势，他想，也就是一辈子了。那个画中人停在那里，某个瞬间，再不会有什么新的动作了，就像楼下看门的那个戴眼镜的老女人，每次他晚上回来时她都躺在走廊里的那个折叠椅上，半睡半醒的，垂着松软的眼皮，整个人都是松软下垂的。也有点像对面楼那个经常坐在窗台上抱着电话聊很长时间的姑娘，瘦削的身体仿佛要折叠起来，窝在那里动也不动，唯一会动的，是那两条光溜溜的细腿，或是某只手，拿着方形的镜子，或是杂志，很长时间。

　　现在，他觉得颈椎有些僵硬的感觉，后背肌肉有些麻木。他觉得自己还行，还能活动，还在变化。他慢慢退回到沙发那里。画面又变成整体的图景，而那个俯身的画中人呢，则只是个斑点。人也就这么简单。退远了看，就那么一点。谁会记住这么一个点呢？姿势没有意义，在他不再能动的时候。他从玻璃茶几上的铁罐里拿了支烟，揉捏了一会儿，点燃。烟贴着鼻腔，上颌底，经过嗓子，涌入体内，肺叶舒缓地张开，深呼吸，烟深入血液，然后又浓郁地被呼出，弥漫周围。他的右手背上，有三个微红的形状不太规则的牙印，是一周前留下的，还没有痊愈。

这个宽敞的办公室位于大厦顶层。外面有几条交织在一起的新旧街道，上面流动着玩具般的车辆、蚂蚁似的行人，就像物质正在发生化学反应的试验瓶的底部。再往远一些，在那几幢高楼的后面，隐约可见那个广场的局部，等天黑了，那里有的就是一些斑驳散乱的灯影，能让人的眼光也随之散漫开去。以前，站在这里看下面，他偶尔会想象一下，跳下去，会是什么样的状态，应该是类似于跳伞后的飞行般的下坠过程，迎着强烈的潮湿气流，衣服都被鼓胀了起来，睁不开眼睛，眼皮是湿的，皮肤在浓重的空气里绷紧……他有个艺术家朋友，曾做过一个行为影像作品，就是把一台录像机设置为自动录像模式之后，从二十几楼扔下去，它翻转着，直到坠落到地面，摔得支离破碎，但它录下的整个坠落过程，完好地保存在磁带里，然后播放出来：一台录像机记录了自己坠落的过程，或者是如何谋杀一台摄影机。在他看来，那台录像机做到了人做不到的事情。人过了四十岁之后，不就是这样的一种急促下坠的状态么？对于一个惯于懒散生活的人，或许再进一步地沉浸在某种狭窄的不可见的空间里动都动不得，反倒会更刺激些。

就在他有些无聊地盯着角落里那盆粗壮的龟背竹看，觉得它似乎没有往常那么丑陋、虚张声势的时候，门开了。一个女人站在那里。有些眼熟，当然眼熟。以前他从没想过她会继续漂亮下去，漂亮到让人心里不舒服的地步。他没觉得她的脸蛋有多可爱。她穿着件露腰露腹的橙黄色半袖T恤，下面配的是牛仔短裙，露出那对结实有力的小腿。随手关上门，她走到那张白色老板台后面，坐在黑色皮制老板椅里。每次见到这个女人，他都会下意识地把她联想成一个高仿真的充气娃娃。当然他知道，也只有这样的女人，才能满足老陈那些古怪变态的趣味。她总是把那双大眼睛画得一塌糊涂。她背后的墙上，挂着本地名家临摹的《兰亭序》，作者是个秃顶的老家伙，眼光仍旧欲火熊熊，尤其是在喝酒谈论女人的时候……这样也没什么不好，欲望不就是像头发一样么，剩的越少就越是引人注目。他随手把燃到尽头的烟蒂摁灭在烟缸里，然后用抽纸把散落在桌面上的烟灰擦干净。

"什么时候出院的？"他往后一靠。

"上午吧。"她古怪地眯起眼睛，歪着脑袋，百无聊赖地随手翻看着桌面上的台历。那个台历是老陈专门定制的，用的是荒木经惟的各种捆绑女人的摄影作品，都是黑白的，印制精良。从他这里看过去，能看到翻过来的那页上的女人是被捆绑着悬在半空中的，整个身体呈现不大规则的反弓形态，那个女人的洁白皮肤被射灯照得雪亮，一双迷茫而又略微有些莫名亢奋的眼睛朝画面外或者说朝照相机和作者这边凝望着。

"效果还不错，几乎没有痕迹。"

"嗯，也就这样了。"她有些走神。

"鼻子好像比以前硬了些？"

"哦，那倒没有，没动那里。"她从包里拿出支烟来，"听老陈说，最近你好像又在恋爱了，还是网恋呢！"

"老陈怎么说的？"

"他还能怎么说，"她摇摇头，诡异地笑了，"你也不想想。他说没准是你自己想象出来的呢。"

他撇了撇嘴。

"据说，你左膝受过伤……"她继续不紧不慢地说道。

"多少年前的事了，"他面无表情。他想知道老陈要什么时候才能回到办公室。她也不知道，"老陈在接客呢，搞到什么时候，估计他自己也不清楚吧。他这个人你又不是不知道，不管碰上什么人，都能扯上半天，天生一话痨。"

"嗯，"他点点头，"老陈适合干这个，他总有办法让客人舒舒服服地离开。另外啊，有人曾说过，话痨的人，可以通过喋喋不休的说话，体验到某种类似于性方面的快感，以口舌之欲替代了身体之欲……"

"是啊，他是一切皆可能啊。"她拿出小镜子，照了照，往嘴唇上涂了涂润唇膏，上下嘴唇抿动了一下，"我还听说，你要出远门儿了，要去什么地方呢？能带我一块儿去么，要是没别的伴儿的话？就算你这次是要跑路的话，其实也是可以带上我的。我很简单的，一点都不麻烦。你看我什么时候麻烦过老陈呢？"

"那老陈会吃了我的，生吞活剥，骨头都不会剩下。"

"他吃你？他吃炸弹吧，我看他都吃了一肚子炸弹了，保不准哪天就爆了。我可不想被一起炸死，还要溅一身他的屎。你看我，好不容易把自己整得像个人样了，死了多可惜啊。你说呢？"

"哪来的那么多炸弹啊，你当他是开兵工厂的？"

"你吧，就是揣着明白装糊涂，老陈就是这么说的。"

"我其实屁都不是。他什么都有了，我呢，什么都没有。"

"所以你才活得自在啊！我就觉得吧，你们这里，还就属你像个正常人。老陈说你有毛病，我还骂了他呢，我说你们都有毛病，要不怎么想着找这么个正常人撑门面呢？"

"我确实是不大正常。"

"哪里不正常呢？"

伊春 | 南海

"哪里都不大正常。"

"真不错。"

7

闭着眼睛,他想起早晨的那个梦:在黑暗的河水里他不停地用左臂划着水,直到它都麻木了的时候也没有停下来,而不能动弹的右臂则让他越来越忧虑,他不知道它为什么不能动,后来直到累得惊醒过来,他才慢慢明白,他只要把划水的左臂停下来了就可以了,根本就不需要划水,在梦里,他把空气当成了水,把自己的汗滴当成了水珠。人就是这样,有时候想明白一件事之后马上就会想明白很多事。

他是凌晨四点左右睡的,在那张弹性好得让他心烦的双人床上。他习惯开着电视,永远都不会没有节目的新闻频道,然后把那条薄被卷成一条,抱着。枕头里塞的是稻壳,枕上去时能听见里面沙沙的响声。闭上眼睛没多久,手机就响了。黑暗里屏幕的光亮有些刺眼。那条短信是说,她考虑了他的建议,去海边转转,在那种与世隔绝的状态里待上几天,想想也不错。什么是与世隔绝呢?他想着,却没回复,继续往梦乡去了。沉浸,嗯,很多时候都是这样。很多痛苦也都源于此,在你不能沉浸,不懂得什么是沉浸、怎么才能沉浸下去的时候，就没法儿安稳地待在任何地方，只能留在表面，跟灰尘似的，一阵风，就能让你流落荒野。

他从没梦到过她。电脑里还有几段她的视频。看那几段视频的时候，特别是在晚上，会有种在梦里的感觉……她穿着肥大的纯棉睡衣，双腿蜷缩在椅子上，抱着膝盖，眼睛盯着电脑屏幕，嘴唇半张着，时不时的烟雾缭绕，她弹烟灰的动作隐蔽而轻快，在她后面，能看到落地窗以及窗外的阳台，有时她就坐在阳台门口抽烟……她让他看她的手，掌纹混乱不清，有时她会转过身去，跨坐在椅子上，双臂交叉搭在椅背上，然后再把下颌支在胳膊上面，就那么看着外面，也不开灯。

没关系，至少他现在哪也不想去。似乎就在他手机屏幕暗掉的瞬间，老陈的脸庞浮了上来。这个老家伙，很多时候，当你觉得他就像个潜伏在人群里的吸血鬼似的不断隐秘地吸去大家的精气时，某种不经意的温情气息就会突然扑面而来，非常自然地改变了你的情绪。这家伙能把复杂的思维方式悄无声息地装到你的脑子里，然后你就在不知不觉中变得复杂起来，思维变得缓慢而又无效，在那些狡猾而温情的气息里不停地转悠，怎么都转不出来，就算你运气好，找到了逃脱的出口，这个一向以"前所未有地热爱生活者"自居的家伙也会态度温和地等在那里，理由充分地重新成为你的朋友。你们认识这么多年了，彼此都太了解，但另一方面，彼此又都喜欢猜测，相信自己的猜测是对的。

　　后来，他困得不行的时候，老陈回来了，像个满载而归而又疲惫的海盗头子，戴着大墨镜，打量着他。海盗的背后，就是刚才坐在老板台后面的那个女人。老陈说她最近刚学完舞蹈，还戒了烟酒，连走路的姿态都不一样了。现在她站在那里，挨着门边，乌溜溜的眼睛每隔两秒钟闪动一下，没有抹口红，饱满而小巧的嘴唇自然地努成O型，像在轻轻地吹着什么气息，就像要唱歌或刚唱完似的。她的眼神有些古怪。她对他有种莫名其妙的信任感。如果哪天她想把老陈气死，或是气疯掉，那最好的办法，就是拉着这个奇怪的家伙去私奔了。她跟他知道的事情太多了，多到足以让老陈睡不着觉，会花重金雇杀手来个千里追杀，要他们的命。要是那样的话真就是太刺激了，想到这里，她忽然笑了。

　　他听到有人在笑。他的眼睛并没有一下子就睁开，有些眼屎糊住了眼睛，就像在浑水里睁开一样，什么都看不到。他不得不低下头，从矿泉水瓶里倒出点水来，慢慢地洗了洗眼睛，把那层眼屎洗掉，拿纸巾仔细地擦干净，因为过于用力擦拭，眼角都有些痛了。

8

　　什么都没想。五点左右睡的。临睡前，打开窗户，从窗口探出头去，把整个脑袋搁在湿漉漉的空气里浸了那么一会儿，月亮像暗淡的白气球，充满了水，或是比水还重的液体，它就那么不声不响地慢慢下坠。入睡不就是个下坠的过程么？落到底了，就会睡得好，落不到底，就会浮在半空中，或是落到别的什么上不着天下不着地的鬼地方，悬着，怎么都睡不着。有运气的成分。有时晚上七点多就睡了，然后还是早上八点就醒。夜里十二点睡，也是这样。凌晨两三点睡也是这样。我这人其实没什么时间观念。就像你说的，生活无序。我喜欢一直睡，就像喜欢游泳。睡觉其实跟游泳差不多。早有人说过，世界是水做的。想想看，是不是这样？随便到了什么地方，都可能是个很遥远的地方。"（他在给你的一封邮件里写道）

　　我们楼下的那家服饰店关门了。早上出去的时候，就发现它已人去房空，连灯箱什么的都拆掉了，不知道什么时候搬的，前一天晚上九点多它还开着呢。我以前跟你说过，它经常会有些类似于布艺的小物件，莫名其妙地让人喜欢，通常都是挂在玻璃橱窗上，有些是小熊、狗或者蝴蝶什么的，还有几个很小的少女玩偶，非常的可爱，还有点神秘。这几天，晚上经常会有战斗机飞过上空的尖锐响声，感觉声音过后会留下一些向上凹陷的槽，弯曲着留在忽然变得坚硬起来的深色夜空里。在这个奇怪的巨大城市里似乎随时都会出现那种令人惊异的凹陷或隆起的现象，可能它就是以这种方式制造它的寂静的。（这是第二封邮件）

看过这两封邮件，你就想起那天晚上，他把你从机场接回来，然后就去吃了顿索然无味的饭。接着你们又去了一家酒吧，让你见识了他的酒量之糟糕，两瓶啤酒就醉了。你得承认，当时你多少还是动了些恻隐之心的，不然也不会把他扶上出租车，然后送他回家，更不会在把他放倒在沙发上之后，还要把他的头枕在你的大腿上，后来还忍不住去用手指梳理他那被汗水湿透的脑袋上的头发，直到后半夜两点多他忽然醒了。之后发生的事确实是落入了俗套，可你还是被他那种毛手毛脚的热情所感染了，以至于后来你试着跟他说些温柔的话时，还是没忍住告诉他，这不过是个幻觉。

现在，我们都需要这点幻觉。你告诉他。听到这句，他已是满眼泪水，像个孩子似的，把头依偎在你的怀里，弄得你胸脯上都是泪水。你忍不住笑着低声说，怎么搞得像是我生了你呢？这就有点可怕了。说实话啊，我倒宁愿你去干点跟老陈的那个人造模特般的女人私奔之类的事儿，然后气得老陈吐血身亡。我就觉得啊，在你描述的这些故事里，唯独这条线你没发展出来多少有点遗憾。那个看起来没心没肺的女人，其实很可能就是彻底治愈你的悲情习惯的良药。你不会是真的怕老陈会雇人追杀你们吧？怎么可能呢，他巴不得你把那个女人拐走才好呢，你还别不信，他是个生意人，不会跟你这种喜欢儿女情长的痴心汉一般见识的，你们不是合伙人么？到时候他顺势把你的那些股份吃了就是了，难不成你还要跟他去打官司么？不过呢，你也确实是很难走到这一步的。你有精神审美洁癖，别以为你强调你也有过很多花天酒地的日子就能掩盖这个事实，你的占有欲跟老陈的是不一样的，他要的是数量，你要的是无限，是时间停止，这都是世界上没有过的东西。

9

他醒了。八点多了。布满繁琐的山茶花朵枝叶的麻布窗帘上面，窗户的投影明显比往常要暗淡一些，应该是个阴天。他已经想好了怎么来安排这一个月了。昨天中午，就把这个想法告诉了老陈。老陈心情不错，不知道是因为买了辆新车，还是因为老婆跟他协议离婚了，反正就是很痛快地答应了。

"但有两个条件，你要在走之前，完成那个策划方案书。这活儿只有你做我才放心。别反驳我，就这一次，以后随你怎么着，我不会再勉强你。第二个条件，是不管你在哪里，都得让我知道你的位置，保持手机畅通，不能不接我电话，给你短信，你也要回。这样总可以了吧？你想去哪呢？"老陈面无表情地看着他。

"呃，我还没有想好。"他说。

"嗯，"老陈若有所思地看了看窗户那边，"要我说啊，你还是真得好好想一想。人的想法呢，经常会变的，有时候可能你也不想变，可它偏偏就变了……不过我倒是相信，你是能解决好自己的事的。"

"我有什么事儿？"

"要是你不想呢，"老陈自顾自地说道，"不想，它也还是会变的。我有种预感……话说咱们两个的关系啊，那也是千丝万缕了，可能我们自己都很难说得清楚，何况别人了。不过你也不用担心，我这个人向来就是朋友至上的，好事一起来，坏事我来，好吧？你玩儿你的，去哪里都行。但别人怎么想，我就管不着了。反正咱们是分不开的了，早就拴着呢，最后不管是什么情况，咱们都得待在一起，受着。"

他看着老陈，等着后话，可是没有了。

他有意在那两封信里忽略了一个梦。这是他后来才告诉你的。谁都不会懂的梦。说出来，会显得可笑，写出来则更是会破坏气氛。在清晨前的那个梦里，他发现自己一个人站在马路上撒尿，是在横贯城市的南北高架快速车道上，没有车辆往来，当然也不会有人影，但是车辆随时都会有的，这只是暂时的空寂时刻，他知道这一点，他感觉整个环境都非常寂静，风不大，但足以把道路两侧草坪里的灰土味儿跟草叶的冷涩气息卷起来拂到他的呼吸里，还有他自己的尿液的味道。他略向前倾斜些身体，那注暗黄的液体就不规则地摇晃着落下去，然后在快要落地前就散开了，弄脏了早晨刚穿上的新裤子。不过所幸他及时醒了过来，否则的话就要尿床了。及时醒悟在任何时候都是重要的。他睡眼蒙眬地站在抽水马桶前，扶着那个温暖的东西，听着响亮的尿激水面的声音，想起临睡前的那些感觉和想法，觉得自己最近多少有点像个正处在史前时期的思想家。他耐心地甩净尿，想了想，转过身来，坐在了马桶上。

第一封邮件发完，他起身去拉开了窗帘。阴天。对面那幢展开成折页形状的大楼肃穆而灰白，上面密布的玻璃窗都是深青色的，只有尖顶部分有些亮意，看上去有点像个教堂尖顶，表面贴的是那种粗俗的灰白瓷砖。那幢大楼底层的发廊刚开了门，一个衣衫不整的年轻女人把一盆脏水泼到了马路上。他打开电视，调到体育频道，然后回来接着发第二封信。电视里转播的一级方程式赛车发动机的声音局促而扭曲地在赛道上空盘旋着，特写镜头里的舒马赫被头盔遮得几乎看不出来，整个头部都在颤动……两边的那些观众痴迷地看着那些玩具般的赛车在赛道里嗡嗡叫着转了一圈又一圈。那赛道上发出的尖锐回响让他有些头疼了。他就换了个频道，是电影频道。

　　他泡了份速食粘糕。打开配料袋时，发现深绿的雪菜像泥似的腻在一起。那些乳白色的片状东西隔着塑料袋捏起来很硬实，有点像塑料的，要隔着袋用手把它们一片片地分开，"以免影响口味"。他把它们都分开了，一片一片的。他经常吃各种速食食物，每次都要仔细读一下后面的说明。后来，他重新登陆到网页上，打开邮箱，看了一下，然后就关掉了窗口。电视里正播放的是个英文原版有字幕的电影，不知道叫什么名字，转到这个频道时他也没细看，此时吸引他的，是刚发生的场景，一个瘦瘦的男人，目光呆滞地坐在床上，怀里倒着一个女人，她的嘴角正溢出白色的沫子，而在房门外，一群警察已经在准备破门而入了。随后出现的场景，则是一个秃顶老男人带着一个长发性感女人在安全通道里匆忙逃离。

10

就像是为了反驳你对他的分析与判断,他说他其实经常会做些不合常理的事。比如说有的时候,因为闲着没事儿,他会找到某个朋友的手机号码,然后改变其中的一个数字,发个短信。要是对方回复了,他就会聊下去,直到对方无语为止。这是个只属于他自己的小游戏。有一回,他在出租车上,正在堵车中,司机在嘀咕什么脏话。他看着外面,旁边那辆公交车里塞满了人,脸都是静止的,那些身体则差不多模糊成一个整体。他就玩了一次这个小游戏,把老陈的手机号改了一个数字,发了个短信出去。对方几乎马上就回复了。

"在哪儿呢?"

"在外面。"

"在做什么呢?"

"看外面。"

"外面有什么好看的?"

"也没什么。"

出租车转过一个弯道,他特意看了看外面,不多的人,在等车,在过马路,在路边走着。有个身材修长的姑娘漂亮地扭动着腰肢，低腰裤上端露出饱满的细腰，只可惜腿是O型的。

"我刚起床，洗了个澡，在想到底要吃点什么呢。"

"睡得还是很晚么？"

"嗯，差不多是吧……早晨才睡的，有点恍惚。感觉很累，像个空壳儿。这边阴天了。"

"我这里也是，"他长吁了口气，打字还是很快，"晚上会下雨，湿气很重，黏着皮肤，不舒服……你吃完饭有什么打算呢？"

"三点去学车，然后逛街。"

"很多人都在学车……"

"这个我不清楚……"

"像你这种生活没规律的人，还是不要学的好。"

一般情况下对这种意外开始的交流，他的兴趣不会持续太久。不过有时候也会有所期待，就像现在，同时也准备好了它会突然就结束。

"晚上的服装准备好了么？"

这一句，他没法回复了。他有些开心地看着最后这句问话，那情形就好像转一下身就可以进入化妆舞会的现场似的。服装，服装，为什么不是衣服，而是服装？这么书面的用语，看起来很像接头暗语。他左思右想，都没能想明白，它究竟指的是什么，可是心里却有点喜欢，所以就会心跳，在膨胀，像个不大的气球，装在一个更大的气球里，飘浮着，晃动着。

只要是游戏，你告诉他。就会有程序在里面等着你。你需要掌握玩法，玩得熟练之后，才知道这只不过是个游戏。他并不在乎你说什么，而是沉浸在自己的回忆里。没有回复是正常的。过了一天，那个手机号又忽然在半夜里给他发来了信息：

"我们认识么？"

"不认识。"

"那为什么给我发短信？"

"你的号，跟我以前的一个朋友的，只差一个数字。"

"哪个数字呢？"

"第七个，他的是8，你的是6。"

"嗯，跟认错人差不多。"

这时，他听到外面的那些猫又叫了起来，此起彼伏，每天差不多都是这个时候。他到阳台上站了一会儿，什么都没看到，只能大略知道它们的方位，黑乎乎的地方。这帮淫荡的家伙。过了十来分钟，对方又回复了，"嗯，我们这里下雨了。"

接下来发生的事则是完全出乎他的意料的。对方经常会在午夜过后给他发来短信，就像发给一个认识很久的老朋友。很快地，就算他恪守不问性别的习惯，也还是知道了对方是女的，年轻的，一个平面模特，兼做服装生意，在北京。他还知道了她的微博，看到了她的资料和照片。接下发生的就是戏剧性的变化，她在凌晨三点多给他打电话，说她的前男友今天晚上闯到她家，当着她经纪人的面殴打了她，然后经纪人报了警，警察来之前，那个浑蛋逃掉了。就是因为这个浑蛋的纠缠，她失眠已经有大半年了。每天都活在恐惧中。于是他在表达完愤怒之后，想尽办法宽慰她，不知不觉天就亮了。

他把窗户打开，放一放屋子里的烟气，发觉外面的夜空似乎比往常要亮一些，能看到大朵的云，是白云，只不过是暗淡的，从南往北漂移着。偶尔能看到星星，都很小，一架客机在云的上面闪着微红的灯从中缓慢滑过，天空显得平净光滑，像深色的玻璃。此后就再也没有新的回复了。他等着，慢慢地抽着烟，看着电视里的节目，在介绍一个敬老院里的老年人文化生活，他们被安排坐在一个相对宽敞些的房间里，在一个新买的电视机前，然后口齿缓慢地说着这个地方的好处，说他们哪都不想去了，就喜欢待在这里。这还用说么？他摇了摇头，还能去哪里呢？

那天下午，他又收到了她的短信。她说一个人待在家里，经纪人出门了，不能来陪她，而她现在完全无法忍受这个环境了。她已经把那个浑蛋送她的或是与他有关的所有东西都扔掉了，可是没用，她还是觉得他就在那里，像个鬼魂似的盯着她。她感觉自己就要崩溃了。

"然后，你就决定去北京陪她了？"你若无其事地问道。

他有些尴尬地看你一眼，点了点头，但还是继续说了下去。他周五晚上就坐飞机去了北京，九点多就到了她家附近的咖啡馆里。她没想到他真的就来了。她说她的好友来陪她了，出于礼貌，她还是决定出来见他一面。她戴了副墨镜，又瘦又高。坐在他对面之后，她谨慎地表达了谢意。他说他请了五天假，只要她需要，他可以随时出现。她说她朋友最近一段时间都会陪着她的。他表示他可以待两天，周一就回去上班了。她说你在北京有朋友吧？你可以找他们玩，不然就白来了一趟北京。他说他没告诉任何人自己来了北京，这两天他会待在旅馆里，看看书，休息一下，然后晚上可以去看电影，因为他来时发现旅馆旁边就有家电影院。她觉得不知道该说什么好了。临道别时，她忽然问他，是不是经常会这样不辞辛苦地去帮助陌生人？他想了想，笑道，对，确实是这样的。她也笑了。之后两天，她没有再给他发短信，也没打电话。

你仔细打量了一下他的脸，沉默了片刻。

"那两天你都看了什么电影呢？"

"忘了，"他想了想，"好像都是喜剧片。我去看的时候一般是下午和晚上。有时候都挺晚了，没什么观众，灯一灭，我就觉得整个电影院里其实就我一个观众，所以看到可笑的时候，没那么可笑的时候，我都会大声笑起来，像个精神病患者。但最后那天晚上看的一个电影，是库斯图里卡的《亚利桑那梦游》，是个画面很好看，但情节很暧昧的片子，我也是不时会有些走神，莫名其妙的，看到快要结束的时候，一个很梦幻的场景出现了，我就莫名其妙地哭了。"

"哪个场景呢？"你问道。

他想了想，"忘了。"

11

远远的，那道过于平淡的蓝里隐约有些发灰，可能只是某段略微有些隆起的地平线，午后的阳光白茫茫的，亮得令人恍惚。高速公路则肯定是早就热得发烫了。豪华大巴平稳地起伏。偶尔会有几缕热气透过冷气的间隙渗入车里，幽灵似的浮出又转瞬即逝。有段路的左侧很荒凉，就像特地留给旅人发呆走神的背景。此前植被丰富的亚热带景象在这里被干燥坚硬的沙石荒野取代了。几只单薄的淡白蝴蝶贴着地面飞舞，闪过路边的一丛灰绿的草，而阳光忽然透过窗帘缝隙钻进来，在她脸颊上亮出一道热烈而寂静的光痕。没多久，外面的景象就重新恢复了繁荣膨胀的暗绿，表面上软绵绵的，有些肉感，里面是层层叠叠令人略感眩晕的幽深凌乱的结构……她还在睡，脸色苍白，眼圈微黑。现在可以看得清了，那道有些灰冷的浅淡蓝线，其实就是抽象了的海面，它的上空偶尔会扬起一些微白的碎片，估计是海鸥。

这些印象始终留在他的脑海里。事隔几年了，现在他把它们写下来，变成了给你的邮件。很快地，过不了多久，在机场的候机大厅里，你就会从人群里出来，四处张望的时候，他就会认出了你。你可能就那么表情木然地拖着那个黑色大旅行箱，从人群里闪了出来。而他呢，则是随意地侧过头去，发现了你，然后仔细看了看你，觉得还是有些陌生。他并不想琢磨为什么会这样。他喜欢只看表面，要的就是简简单单地留在表面。你们抽同一种牌子的烟，用的手机也一模一样，都在嚼一种韩国的口香糖，都穿着黑T恤和牛仔裤，还有就是都喜欢看八十年代的那些日剧、六七十年代的欧洲电影。巧合的好处，是使本来没什么关系的事看起来就合情合理了。

你到底还是来了。出乎他的意料，以前你从不愿费时去化妆，几乎是什么都不涂抹，包括嘴唇上也没有口红，总是那种缺少血色的状态。可是这次你化了妆，而且是浓妆，就像一层轻薄艳丽但又实在的面具，有种天然的保护作用。然后就是浓郁的香水气味。他有些尴尬地先是走在前面，然后站在那里等你。换登机牌时，你从包里掏出身份证，他顺手拿了过去，看了看。你有些诧异。上面那个黑白的头像跟别人的，跟他的，其实都差不多，有些呆头呆脑的，只不过你的样子似乎多出了些惊讶的神情，于是也就多出了几分可爱。你迅速地收回这证件。他的嘴角抽动了一下。你笑了。他发觉自己开始适应眼前的这个香得让人不舒服的你了。

你喜欢坐飞机，喜欢坐在靠窗的位置上。你们发现彼此都带了本很奇怪的书。他的是德国人肖尔兹写的那本薄薄的《简明逻辑》，而你的则是霍金的彩图版《时间简史》。这两本书都是那位做职业撰稿人的朋友推荐的。这人虽然经常会莫名其妙地讨厌他，但推荐书还是会发自内心的，还特地告诉他，这本书的语言相当不错，简明而有力，薄薄的只有一百二十一页，却是最好的文体了，谁要是看不出这么显而易见的好处，那真的就是瞎了。书是商务印书馆出的，暗黄的封面，一九七七年出版。里面的文字分明是干巴巴的，他当时竟欣然接受了这本书，那位朋友是向他借钱时带来的这本书，跟以前一样，只借几百块钱。这家伙为什么总是在借钱呢？几次他都想借给他一千块，可是这家伙就是不要。就这些，够了。不过之前在路上，他仔细看了几页这本薄书，多少明白了朋友对它的文体的赞美是基于什么了，它的行文非常的干净，几乎没有废话。

你的那位朋友呢，近乎狂热地推崇霍金的书为旷世神品，而你只是觉得里面的彩图还不错，文字都认识可是连在一起就没法看懂了，不过好处是有利于入睡。

"你还有这样的朋友……"他故意表现出有些惊讶的样子。

你挑了挑眉毛，没再解释。他也看不懂霍金的书。他买的那两本霍金的书至今还丢在办公室里。他只知道这个全身瘫痪只能用一根手指打字的家伙本身就像个抽象的物理符号。相对于宇宙大爆炸的假说，以及霍金对于人类未来的种种不乐观的预测，他倒是更关心其他的一些琐事，比如霍金的老婆为什么会嫁给他，平时跟他是怎么过日子的，他们怎么还能有孩子呢？好像所有的一切都是要证明：世不二出的天才也是个活生生的普通人，即使这人只剩下一根手指能动了，他也还是需要日常生活，也还是有资格拥有爱情和家庭，甚至是幸福的生活。在他看来，这太不真实了。这种貌似高尚的怜悯背后，其实有的只不过是更为残酷的现实。霍金难道就不为此而感到绝望么？

对于此等言论，你能回答的就是，你不觉得他因为摆脱了日常的身体反而获得了某种更为纯粹的自由么？说白了，并不是人人都要把生命落实到欲望满足层面的。你在大学里曾遇到过一位以色列的教授，是个犹太老头，七十多岁了，非常有活力，充满了智慧，你说我就想过，要是能嫁给这样的人就好了，跟他比起来，那些整天活蹦乱跳自以为是的年轻人不知道被甩出几百条大街呢。

后来，飞机降落之前，他知道了，这本天书其实是你得到的一份生日礼物。那是个书店老板，在茶楼里认识的。你在那里等约好的客人，要做心理咨询。因为来得早了，你坐在那里有些无聊，就四处张望。结果你跟那个老板就四目相遇了。他觉得以前在哪里见过你。看说话的样子，不像是套路话。这个家伙，剃了个光头，满面红光的。两个人有一句没一句的。到后来，你就随口说，今天其实是我的生日呢。老板就从包里拿出那本霍金的书来，说这是他刚拿到的，是本奇书，物理学方面的，值得你翻翻，可能你现在还看不懂，可说不定将来什么时候就有用了。

"他的腿有点毛病，"你若有所思地看着舷窗外大团的白云,"两条腿不一样粗。左腿上没有毛,右腿呢,毛又非常浓。"

12

乘务员的目光有些蒙眬散乱,就跟车窗玻璃上的影子似的。耳麦里放的是列侬的老歌。他手里拿着那本《时间简史》,翻了没有几页,睡意就跟星云似的浮了上来,而原本凝固停滞的时间也发生了弯曲,思维的大爆炸几乎与黑洞是同时出现的。近来脑袋里的氧气每次似乎只够看几页书。这种书也可以从后往前看,或是从中间看起来,结果是一样的。他试着打起精神,逐开睡意。机场大巴里播放的歌声,让他想到以前曾看过的一个纪录片,说的是后来,列侬过着惬意而舒服的生活。对于这种人来说,他想,舒服其实也就是自寻死路,但人有时就是这样的,明知是死路也还是想舒服些。他有些讨厌那个依偎在列侬身旁的日本小女人。他不喜欢小女人。某些小女人。列侬钻入录音棚,录那些很抒情的歌曲,他是个天才,怎么弄都行,变得柔软了也行,不过能这样,他也就是另外一个人,寄居在列侬这个壳子里。要是不唱,而是朗读那些歌词,他觉得列侬的样子会有点像林肯。他们的死法几乎是一样的。一九六六年汉堡的酒吧里,人们狂热地叫喊鼓掌,而头发像套头的帽子、眼睛向侧上翻起的列侬,看上去就像个读大三的愣头小子,故作稳重地说着俏皮话,还做个鬼脸。那时的人们看上去活得都很有劲头,也不复杂,那感觉就像在告诉你,他们就算是马上死了也没什么大不了的。

这个时间,是我们的,不在历史里的,只在这里的,被彻底压缩过的……

书的衬页下端,写了这句令人费解的做作的话。那些字看上去就跟内容一样呆头呆脑的。他下意识地在自己的记忆里搜索与这种感觉相类似的某个男人的形象。很奇怪的,他想到的竟然是老陈。这次出来之前,在办公室里,老陈觉得他气色不大好,是不是身体出了问题呢?他摇摇头,坐到对面的沙发里,顺手拿起旁边茶几上的时尚杂志,封面美女艳丽而性感,超短裙的裙摆下面露出一点白色的内裤,修长的腿像圆规似的伸到了画面的底端。

"前列腺肥大,还是内分泌失调?"老陈悠闲地从抽屉里摸出两支细雪茄,丢给他一支,然后自己也点上一支。

"我身体挺好的,只是想休息一下。"

"没别的原因?"

"没有。"

老陈用一种多少有些奇怪的眼光打量着他,"跟女人有关吧?"

他面无表情地哼了一声,"你以为人人都像你啊,哪来那么多的女人?"

老陈给了他一个网址,"这是个社交网站哦,你有空就看看,说不定会有意外的收获呢?男人的交情。"

在昏昏欲睡的状态里,他漫无边际地想着,直到觉得有些无聊。你醒了。公路两旁重新恢复了海南景象,疏落的歪歪扭扭的椰子林,幽暗的橡胶林,看上去就像寂静的阴影里胡乱套了几层邋遢的内衣,被炙热的阳光烤得平淡而扭曲。你出神地看着前面。车前部的电视机里正不断发出观众的尖叫声。过了一会儿,图像没了。乘务员站起来,拿起话筒,以嗡嗡回响的语音通知大家,马上就要到了。这段路有点曲折,看不到海平线了。椰子树在四下里晃来晃去的此起彼伏,重复得令人生厌。他坐直了,侧过头去看你,你好像睡眠不大好?

"昨晚我先是把空调关了,"你这样说着,却像在想着什么莫名复杂的事情,"后来又开了,怎么都不舒服。"

他试着握了握你的手,这次你没有避开,你的手心里有些汗。

"那个旅馆里用的是温泉,"他告诉你,"能消除疲劳,先洗个澡,然后我们到海滩上去吃海鲜烧烤。"你微笑。那么轻巧的一下。你的手慢慢地从他的手里抽离了,很自然地拿起自己的手机,看了看时间,还有一个短信息,然后运指如飞地回复了。

他对这里很熟悉,知道哪里可以玩得尽兴,吃得舒服。每年的九月,还有四月,他都要飞过来,参加各种订货会议。来得过于频繁,也就没有新鲜感了。不过这回他不需要参加任何会议,只要在这里安静地待着,哪都不去。在这些天里,不会有任何他不得不做的事。跟很多内地人一样,你对于海有种过度的喜欢,或者说渴望吧。你很少有机会看到海。来之前,你很坦诚地在电话里告诉他,这回真的就是想好好地看一看海。

这是附近海岸线上风景最优美的地方。关键是普通游客知道这里的还不多,那些别墅式的旅馆几乎都是一些地方政府、大型国有企业建的。他们是从各自的城市飞离,然后再坐长途大巴过来。他预订的那家僻静的旅馆,就在那片天然浴场的最南端,背后是很大的橡胶林,就像贴在海滩背后的一块不大不小的黑胶,遮住了些东西。

13

"很多的蚊子。"他对你说,"黑色的。围着她的腿慢慢飞舞。她不时抖动着双腿,可它们并不因此而立即闪去,仍旧靠得很近,伺机往凉丝丝的皮肤上扑。这种凶蚊只有海边才有。我一向怕它们。后来,天色暗了下来,旅馆前的灯光延伸到这里已是黯然无力,借着这点光亮,能隐约看到蚊子的飞舞。'它们想咬死我呢。'她的嗓音有些干涩。晚饭她吃得很少。我点的那些海鲜,她几乎没怎么动,只是夹了些蔬菜吃。不知道她为什么闷闷不乐。可她并没有觉得自己闷闷不乐。挺高兴的,她说,这么快就看到了南海,就是觉得很乏。"

抽着烟,慢慢摇晃着双腿,有蚊子正在往裤腿里钻,还有些在透过裤子咬他。"疯了它们。"他下意识地说。腿上不时有些轻微的刺痛。海浪声低平地泛动着。有些人影在海滩那里缓慢晃动着,像是赤足在走着,"这时候的海水,已有些凉了,漫过脚面时,舒服得就跟能渗入心里似的,还会带上些许的沙粒……水退下去之后,沙粒还会留下几颗,让脚背的皮肤敏感起来。"他说他喜欢那样。你让他也去试试。他不想。他不想从椅子上起来,尽管这把藤椅坐久了并不舒服。他不想走那么远，其实并不远，也就一百多步，就是不想动了。他宁愿只是这么想想，神游于那些影子之间。人的情绪有时候就跟布置精密的多米诺骨牌差不多，不小心弄倒了其中的一个，随之而来的就是一倒到底。然后要想恢复它们，就需要有极大的耐心。

"她并没有说什么。"他继续说了下去，"她始终都没想说什么。"

忽然地，你抬起头，就那么看着他，腿也不动了，任由蚊子安稳地落在腿上，用那根针刺透皮肤。他看着不远处黑暗中的海滩，"她好像沉浸在与世隔绝的状态里。她看着我，又好像没看。而我呢，可能在她眼里就像被海水浸泡着的木炭，正在变得湿冷生硬。"

他俯身伸手去驱赶那些围绕着你双腿的黑蚊子。他试探着伸出手指尖，轻轻地抚摸你的小腿，凉丝丝的，光滑细腻。你侧过身子，舒了口气，闭上了眼睛。"那几天她一直在吃药，"他说，"睡得不好。"到目前为止，他还不了解你。

大约过了一个多小时，他重新回到了这里。海滩上早已恢复了寂静，看不到人影，也没有人声，只有轻微的海浪咬啮沙滩的低响不时传过来。好像连蚊子都离开了。之前在旅馆里，你洗了澡。他帮你抹了风油精和防蚊水。你不声不响地看着他抹药。他多少有些不好意思。随后他点上了电蚊香，你也就睡下了。

他出去买烟。卖烟的地方就在停车场附近，二十四小时营业，他买的是本地烟，是他试过的第四种，不过还是不好抽，有股奇怪的味道。不是烟丝的问题，而是烟纸不好，燃烧时可以清楚地感觉得到，纸灰有些硬，颜色是深灰的。

他慢慢地走回旅馆这里。经过那家露天酒吧时，里面还有些人在喝酒，有人在唱歌，背投电视的大屏幕上闪动着花枝招展的泳装姑娘的身影，可是看不清上面的字幕。歌声混浊不清。看了会儿手机，他还是决定给妻子打个电话。无人接听。等到他回到那个地方，坐下来抽了几支烟之后，手机响了，是他妻子。刚才她围着小区慢跑了一个多小时。她马上要去冲个澡。下个月她就四十四岁了，听起来声音还很年轻，精力充沛得不可思议。得知他一个人待在离海滩不远的地方，她迟疑了一下，这么晚了，在外面坐着，是不是在招蚊子呢？它们都回旅馆了，他故作懒散地答道。她在那一端笑了笑。听得出，她犹豫了一下，但又没再说什么。

靠近旅馆右侧回廊那边也有个酒吧，里面五彩散乱的灯光在窗帘后面时明时暗，还有人在里面唱歌。大厅里倒是安静的，前台值班服务员礼貌地向他注目问候。他点了点头。

"刚才和您一起来的女士下来过，好像在找您。"

他觉得这个服务员的眼神里多少有些奇怪的意思。上楼开了房间门，打开过道里的灯，他在镜子前停下来。他看了看自己的脸。仔细地看，也看不出个形状来。人变老，可能就是个失去固定形状的过程吧。他觉得自己还是应该感到满足的，生活在一种平缓的节奏中延续下去，有几个点，在不同的角度上支撑着他的生活，虽然有些缺乏激情，但都还平稳。要是就这样平稳地走向生命的尽头，也没什么可遗憾的了。

电视机亮着，声音很小。里面播放着纪实频道的国外破案节目，一个女人，杀了几个男人，都跟她有过关系，被杀的还有他们的家人，她的行动几乎天衣无缝，在动手之前是做过周密的计划的，每次用什么方式和手法，都设计得很专业。他换了个频道，是足球比赛，法甲的，踢的也不错，背景里发出的球迷欢唱的声音像海浪一样一波又一波地涌来，不知疲倦，给到他们的特写镜头时，他注意到他们都露着白花花的牙齿，还冲摄像机的镜头挥手，就好像是在对他挥手似的，他也挥了挥手。

"她就睡在那里，"他继续说着，指了指那张床，"紧紧地裹着很薄的毛巾被，怀里还抱着个软枕头。我洗了个澡，在用毛巾擦拭身体的时候，发现小腿的汗毛比以前稀了很多，有些地方一点都没有了，就像脱发人的头皮那样光秃。我在她身边小心地躺下来，顺手拿本书，从夹书签的地方看起来。没看几句，又放下书，侧头去看她熟睡的样子。其实她的脸庞小巧秀气，五官也都很好看。有点像狐狸的脸。"

这时候，他的手机忽然振动起来，像电锯似的在床头柜上强烈颤动着，在这个寂静的房间里里发出让人不舒服的响声。你把手机递给他。是他妻子的。听筒里的声音很清晰。那边的人打了个哈欠，告诉他，我要睡了，打电话告诉你一声。那边又沉默了一会儿，然后才恍惚地说道，也没什么事。他语气平和地轻轻道了声晚安。

回过头来，他碰到了你的目光。你示意他继续说下去。

"当时也是这样，来了这样的电话。我回过头去，跟你一样，她也看着我。我说把你吵醒了吧？她说没有，说她平时也都是睡会儿就醒，睡不踏实，总是这样。睡吧，我摸了一下她的脸庞。她说你明天要想着给我买点安眠药。我说好。我伸出手臂，让她的头枕在臂弯里。把她抱在怀里，我觉得很舒服。那段时间里，对于我来说，肉体的事已变得兴味索然。好像再也不会有什么能让我产生刺激的感觉了。甚至我会觉得，没有比身体的纠缠碰撞更无聊的物理现象了。那只能把人变成空空的壳子，无依无靠的。看着怀中的这个她，我觉得自己有些老了。老陈前一天在电话里还跟我谈及类似的问题，说他越来越喜欢小姑娘了，刚接近于饱满的那种……而对那些成熟的女人，却一点兴趣都没有了，她们就像母狮子，随时都可能咬断你的脖子。老陈还不忘劝慰我，这都是对应的，懂么？他说你现在就是需要小姑娘的年纪，不要以为不是，承认吧兄弟。那你的那些母狮子呢？我问他。他故意平淡地说，各回各的家了，这还用说？"

14

从床上起来，他轻轻走到写字台那里，从包里取出笔记本电脑，开始写邮件：

在飞机上，我看了一会儿书，想看下去，直到脑袋发胀。我发现，飞机上的时间，跟地面上的不一样，这里的一小时抵得上地上的一天，甚至很多天，因为这段时间几乎是静止的。我要去的地方，是那里，以前去过的，靠海边，在那个旅馆里，我会一个人待上一周，什么都不做。坐上机场大巴的时候，我想起了你的一些话，还有你喜欢用的一些词句。我不知道你是不是还在倒退，退到什么地方，也不知道那人对你怎么样。我觉得你再也不会打电话给我了。你是对的。无论怎么样，你都是对的。我没有任何理由地相信你。我现在就在那个房间里。这里什么都没有变。

这时手机屏幕亮了。他回了个短信，然后继续写。

在机场候机的时候，我看到一个女孩在那里打电话，她的背影跟你有点像，尤其是她的手，跟你的手很像，她打了半个多小时，我一直在那里看着她。我现在心里很安静。不想做任何事，不想看书，不想看电视，什么都不想，就这么安静地坐着，写这些字。我不知道你能不能看到它们。我只知道它们是为你而在的。

15

"后来我的胳膊有些发麻了。"他说，"我就小心地把那只胳膊从她头下抽了回来，同时用另一只手从侧面托着她的头，慢慢放回到枕头上。我又仔细地端详了她一会儿。两年前的夏天，我是在去西安出差时认识的她。她在那个酒店下面的咖啡馆里做暑期实习服务员。很快地我就知道她不是本地人，母亲是乡村教师，没有父亲。我们一起吃晚饭，然后陪她去逛书店，她喜欢书，我就给她买了很多书。此后几乎每个月我都会去一趟西安，住在那个旅馆里。她喜欢喝茶，还学过古琴。离开时，我希望能每月给她寄一笔生活费，被她拒绝了。中专毕业后，她到了另一家宾馆工作。每次我来以后，她都会抽空陪我四处转转，吃吃饭，聊聊天。这是种没有失去限度或者说界限的关系。她在这座城市里没什么朋友。她很孤独。我告诉她，平时我几乎没时间安静地待一会儿，总是很疲惫，是另一种孤独。实际上，这话也并不都真实。我的忙碌生活也并不都是乏味的，时不时地也会有些及时行乐的内容掺杂其中，有时会厌烦，有时不会。令我着迷的，其实是她的安静。在我跟她之间，有种稳定的默契。我从不问她的过去，她也一样。她说她只看现在。我喜欢她这么想，没什么比现在更重要的了。我只有现在。她也是。"

他说那个晚上，等她睡着后，他就又起来了。拉开通往露台的玻璃门，他顺手披上睡衣，走了过去，又把门合上。他感觉夜空很低，但是星星都很小，很远，夜气微凉地缓慢流动，他当时觉得自己孤零零的。他想了想过往的生活。以前的那些女人，某些陌生的女人，都很模糊而又遥远了，就像那些星星，没有温度。他尽可能地回想着她们的样子，气息,还有声音,可是发现绝大部分都忘了。她们从没进入过他的世界里。他也没进入过她们的世界。她们曾生成了他的一部分世界,然后转眼又任其化为乌有,跟他一样,以各自的方式证明,这个世界上的所有事物,都避免不了不断脱落的本质。

"那时,"他继续说道,"我们就是住在这里,每天都起来得很晚。中午了,才去餐厅里随便吃点清淡的东西。跟你一样,她也没有胃口。她有些怕到这么强烈的阳光下面晒着,我们就没出去,留在房间里看书、看电视。这样也不错。我们本来也就是来休息的,不是来旅游的。她有时候会拿起纸笔写点什么。第三天起风了。我记得当地的天气预报说,台风在三天后登陆,地点离这里有一百多公里,受台风影响,这里会有暴雨和大潮。起初我还有些失望,觉得来的不是时候,后来又觉得这样也挺好,至少还可以看看台风是怎么来的。人们都在急着订返程机票和车票。我们呢?我就问她。她说她不想走了。我说那我们就在这儿,一起看看台风好了。她点了点头,出神地望着窗外。风在逐渐大起来,海滩上的人少了很多。气温也有明显的下降,有些凉爽的意思了。海的远处,不断掀起白浪。奔涌到沙滩上的海浪也明显要比前两天强烈很多。那些海鸥飞得更快了,看上去也更小了。它们的鸣叫声听起来有些怪异，像某种咒语，就跟裹在棉絮里的刀片似的。遮阳篷被风吹得不断地摇晃着。她表情平静而温和。她的嘴唇饱满。她的手指修长。今天起来之后她心情明显好转了，特意穿了条大红的长裤，就是裤脚张成喇叭状覆盖住脚面的那种。心情好了之后，她的身体也开始变得柔软温和了。海上似乎有层薄薄的水汽在弥漫着。海面是灰蓝的。那些偶尔出现的海鸥是淡灰色的。后来我跟她说，我还是不喜欢它们。什么？她看了看我。我说那些海鸥。她说，谁也不会什么都喜欢的。我伸出左手，平放在桌面上，看着她。她把右手伸出来，放在我的手里。她觉得这样很舒服、安稳。过了一会儿，有一对恋人从后面走了过来。他们不停地拍着照。后来，又过来请我帮着他们拍几张合影。最后那个男的坚持要给我们也拍一张，留作纪念，我就看了看她，她点了下头。"

"不拍海么？"那男人往后退了几步同时大声问道。

我说不用，就在这里吧。他们靠近了些，背景是不远处的旅馆，还有橡胶林的幽黑边缘。那人拍了两张，拍完第二张的时候，一阵风过来，把他们的遮阳篷吹倒了。

16

中午，你们在附近酒楼里吃了顿海鲜。整个二楼就你们两个人。音响里播放的是邓丽君的歌曲，杂音很明显。不过这次他还是听得很清楚的。

椰风挑动银浪，夕阳躲云偷看，看见金色的沙滩上，独坐一位美丽的姑娘。眼睛星样灿烂，眉似新月弯弯，穿着一件红色的纱笼，红得像她嘴上的槟榔。她在轻叹，叹那无情郎，想到泪汪汪，湿了红色纱笼白衣裳，哎呀南海姑娘，何必太过悲伤，年纪轻轻只十六吧，旧梦失去有新侣作伴……

你更喜欢听王菲的那个版本。今天你的胃口好了很多。

"她当时就坐在你的位置上，只是一直都没看我，"他说，"就那么扭着头望着不远处的海。后来整个下午，我们都没怎么说话。我们走了很远，直到走累了，才回到旅馆里。以前在西安刚认识的时候，我们也经常会走很长时间，沿着城墙，不停地走，直到走不动为止。晚饭时我们喝了酒。她面带潮红。而我则感觉眼里有层雾。回到房间，我们就抱在了一起。她的眼神有些恍惚。我忽然就想起了很多年轻时读过的那些普希金的诗句,于是就颠三倒四地都背诵了出来:'那等待你的只有欢快。等哪一天,快到晚上,也有窗子能为我打开……飞吧,虚空的幻影,向黑暗里沉没;我所珍贵的……是这爱情的……让我也死于爱的缠绵……它展开了金色的翅翼,不断翱翔在我的面前……'每背出一两句,我就低头去亲一下她的额头。最后酒劲上来了,我就昏睡了过去。隐约地,我听到她在我耳边轻轻说着什么,可是怎么也听不清楚,然后声音就远了。后来在梦里,我看到夜空变得很高远,有些灰亮,没有星辰,没有月亮,大地宁静得就像史前时期,甚至是创世纪之前了。我呢,就觉得自己像个恐龙化石似的待在那里,什么都不用想,什么也不会发生。后来,外面下起了雨。我却以为是在做梦。窗帘遮住了晦暗的天光,房间里更为幽静。我觉得自己软绵绵的,等了一会儿才起来。洗漱完毕,她还在那里沉睡着。我下楼来到大厅里。前台服务员正是那天晚班的那位姑娘。她微笑地看着我,'先生有什么需要我帮忙的么?'我犹豫了一下,点了下头,却没说什么,就重新上楼回了房间。抽了支烟,我在房间里转了几圈,特别想找到她前两天写的那几页纸。什么都没找到。到下午的时候,她还在那里沉沉地睡着。"

你递了根烟给他,帮他点上。他一动不动的,烟灰慢慢地变长,也不知道弹掉,结果都落到了他的裤子上,他这才伸手弹了一下,把那截烟灰变成了裤子上的一抹白道。你其实知道,最后这部分,即使是他这样的人,也很难平心静气地讲出来,而只能凌乱地说着,由你来理顺。

　　最后,那个姑娘把整瓶的安眠药都吃了。而他却一点都没有发觉,并因此错过了抢救的最佳时间。到了傍晚,他才发现情况不对。于是,救护车来了,医护人员围着她忙了一会儿,随后就得出了结论,太晚了。接着,警察也到了。还是他们细心,在她的枕头下找到了那两页纸。他们把他带回派出所,录过口供之后,就把那封信递给他看了。是她的字迹。

　　　谢谢你,也请你原谅我,就这样不辞而别。我知道,这样对你,并不公平。可我相信你会明白我的,会原谅我的,这一点我丝毫不怀疑。我惭愧和内疚的是,没能告诉你,为什么要这样结束。从我的记忆开始时起,我的世界就是碎片状的。我曾试图把它们重新粘合在一起,试过很多方式,可是都不行,后来我发现,我其实是生活在一个碎纸机里,不管我往里投什么,都是要被碎掉的。我奶奶在临终前,眼睛都看不到了,也说不出话了,她反复地摸我的脸,我的手,我俯身贴着她，她就摸我的身体，就好像要用最后那点气力把我这个人重新捏合好似的。她是信佛的，瘫在床上的那最后半年，每天她都要为我诵经。我甚至曾想过为了她而出家。当然我很快就知道，这不是我的路。那不过是个省略号。而我要的，是个句号。我看不到光亮，也没有怨恨什么。我知道在不远处，是有个光亮的地方，在等我去的。其实你没有你说的那么黑暗，尽管你给我讲了那么多复杂奇怪的感情经历，甚至还有你称之为堕落的事，但我还是觉着你心里头是有温度的，并没把什么都烧光，还有点炭火的，你只要多吹几口气，它们就会复燃的。可惜这不是我要的。还有你说到过的废墟的感觉，其实我从生下来就在废墟里了。有时候我觉着我就像你的孩子。只是时间是错位的。角色也是。我本不想让你有什么麻烦，但这么久了，我已经给你添了不少麻烦，所以，就只好厚着脸皮再麻烦你这最后一次。原谅我说了谎，让你带我来到这里。我想看看海，然后好好地睡一觉，这不是谎言。谢谢你送了我最后一程。那天你说你不喜欢那些海鸥，它们的叫声让你厌恶，其实，当时我很想告诉你的是，它们的声音，我是听得懂的。你一定也注意到了，它们远去的时候，看上去就像飞舞的碎片。我喜欢它们给了我最后的启示。这些字,算是道别,或许也是为了能让你免掉不必要的麻烦。

你把这两页纸折好,还给了他。点了两根烟,每人一根。烟在你们之间漫开的时候,你问他:"现在还想哭么?要是还想,那就哭好了。"他沉默。"这么跟你说吧,"你说,"我之所以会陪你来这里,说到底,也并不就是为了陪你悼念这个姑娘的。我其实是想,找个合适的机会,把我的真实想法,告诉你。你不是总觉得自己是支离破碎的么?那我就来修复你,重新把你那些碎了的部分粘起来……前提是你得跟着我,不是说我要跟你结婚什么的,那太无聊了,毫无意义,你只要跟着我就是了……这样说是不是会让你觉得有些简单粗暴,在道理上也好像不大能说得通?你知道在我眼里,你像什么?你就像我的分身,另一个我。是不是不大好理解,这究竟是什么意思?我以前碰到过跟你情况类似的一些人,跟你一样,他们也是靠着最后那点幻觉撑着的。我也很认真地想要带着他们的,可他们都以为我是爱上了他们,要跟他们发展一段与众不同的恋情,却根本不知道那令他们激动不已的,不过是他们心里早就僵化的感情欲望模式。我跟他们描述我跟你说的这种可能性时,他们无一例外地都懵了。当然,最后他们都逃掉了。那种惶恐,就好像我是个企图掌控他们灵魂的巫婆,而不是拯救他们的人。在我看来,他们都不过是欲望之犬,只会本能地冲动,然后在突然出现的能让他们觉悟的棒喝中落荒而逃。你呢?你会么?我也不能确定。我是个太了解人类灵魂的人,可我也有自知之明,我掌控不了任何人的灵魂。我想过我们离开这里之后会怎么样,一种是你跟我走了,做我身边的隐身人,没人注意到你,你可以做你喜欢的事,这方面我相信我是能帮到你的,你本来也是喜欢无牵无挂的游荡状态的,你可以随意做什么,在我身边,你是自由的。另一种可能,是你拒绝了,回到你原来的生活里,那样的话,对于你来说,我当然也就消失了,就像没存在过。你看我像那种不理智的人么?说了这些之后,我像那种精神异常的人么?我不想把你变成我的木偶,只想让你慢慢恢复本来的样子。你仍旧可以喜欢别的女人,这不会影响我们的关系。我只需要你让我每天都能看到,知道你在做什么,就可以了。这不是幻觉。我是你的药,至于是毒药,还是解药,你吃了就会知道了。"

17

他躺在床上抽烟。中午起来去吃了点东西。然后看看外面的雨差不多停了，就顺着旅馆侧面的鹅卵石小路，往橡胶林那边走了过去。林边有些木制长椅，都被雨水淋湿了。靠近里面的那把长椅上，坐着一位老人，软软的身体，像一堆包裹着白色棉布的旧物，在打瞌睡，腿上斜倚了一把黑伞，是旅馆里免费提供的那种。他从旁边经过时，那老人也没抬头看他一眼。

他来到海滩的转弯处，那里没有沙滩，只有乱石滩，到处都是形状怪异的幽黑礁石。后面是座不高的山，面海的这一侧裸露着褐色的岩石，山上布满了矮小的马尾松。从这里看海，视野会因为对面的那个海岬而变得狭窄了许多，海面是扇状的了，但也因此而显得比别的地方高出一些，在远处，海面呈弧线隆起。

昨天上午，他在这里等你。直到中午你都没来。回到房间里，他发现你躺在床上，脸上和额头都有些伤痕。你说是从商店回来的路上，被一辆汽车刮了一下，摔倒在路边的沟里。他松了口气，不知道的，还以为是我把你打了呢。你勉强做出笑的样子，笑得有些古怪。他去前台要了些药棉，还有创可贴之类的东西，回来帮你仔细擦干净。你不要他把创可贴贴在伤口上，说那样太夸张了，就这样吧，过会儿也就好了，我的皮肤很容易愈合。

"你在这里多久了？"他问那个服务员。

她犹豫了一下，"三年了。"

"那我怎么没见过你呢？"

"我见过您好几次了。"服务员恢复了工作性的平和与微笑，"您就一直住在这个房间，每次来都是，对吧？"

"你跟以前不大一样了，"他看着她的饱满额头，以及发际的细微绒毛，"长大了，发型也变了。"

"我的发型一直都是这样的，"她继续微笑道，"没变过，在老家时除外。"

"那就是我的记忆力出了问题。"

"您是来玩儿的，"她很有礼貌地提示他，"记不住我们这些服务人员很正常，只要您能记住这个地方，就是我们工作的成功。"

"是，没错，"他点了点头，"就是这样。"

"不过，"她故作严肃地说，"您太太倒是越来越年轻了。"

"你记得她以前的样子？"他沉吟了一下反问道，眼光与她的眼光碰到了一起。

"当然。"她很肯定地点了点头。

"为什么呢？"

"因为她的眼睛啊。"

"她眼睛怎么了？"

"像有雾。"

回到房间里,他给你削苹果。他把削好的苹果分成均匀的几瓣,用牙签插着递给你。这时他才注意到,你的嘴唇也破了,轻微有些红肿。他有些走神。这时手机又响了,铃声音乐就是南海姑娘。他看了一下,是老陈打来的。接通的一瞬间,他的耳朵立即被强烈的歌厅里的音响所充斥。

"你什么时候回来啊?"老陈大声说道。他把手机拿开了些,皱了皱眉头,然后又把手机靠近了耳朵,"我告诉你啊,他们来查过了,基本没问题,你放心好了。不过,另一件事,可能会有些小麻烦,你最好后天就回来,我们好商量……另外,就是我发现,你老婆几乎每天晚上都在跑步,太可怕了……"信号似乎越来越差了,他间断地听到一些女人的尖叫和大笑声,老陈匆匆就挂断了。

他转过身来,又遇到了你的目光。

"你能再放一下你的手机铃声么?"

他找到那个铃声,按键播放,然后把手机放在桌子上。你安静地看着他,伸展开双臂,示意他过来,拥抱。你的伤口碰到了他的脸,渗出几丝黏液。你缠绕着他的身体,轻轻咬住他的嘴唇,然后一点点用力,直到他浑身为之绷紧为止。这让他有些慌乱,不可思议地慌乱。他似乎忽然间分解成了很多个局部，而每个部位又都处在不同的状态里，不受他的掌控。他在闭上眼睛之前，重新打量了一下这个房间，桌子，椅子，门，沙发，没吃完的苹果，那本霍金的书，半掩的厚窗帘，都还在那里，在原来的位置上。

18

从那个僻静的海湾回到旅馆里，已是傍晚了。他上网，看了几眼新闻，然后就直接找到了老陈说的那个网址。美丽的伴侣给你美丽的时光。他觉得自己又一次开始下落了。我们的服务永远旨在化解您的负担。粉红色为基调的网站页面的视觉作用是显而易见的。

他起身去打开电视机，随便找了个国外卫星转播的英语频道，里面正在播报当日时事要闻。那个网站里按不同年龄段来设立不同的服务页面。它的服务器在海外。你只要注册并交上十美金的会员费，就可以成为会员，同时收到你所设定年龄段的全部伴侣资料。作为游客，你只能查询游览部分资料，比如没有联系方式的伴侣姓名和图片。那些名字都是虚构的。他查找了半个多小时，那些年轻的面孔都是新鲜而陌生的。

他打开邮箱，下载了一个文件，然后就关上了。是老陈的秘书给他发来了一份资料。他随便看了几眼。他觉得还是要写一封邮件的，但一时间又不知该从何说起。他把手机里那个海湾照片导入电脑里，然后打开它。他发现，照片里的场景跟白天看到的还是有些不同的，于是他就从描述这个不同开始写邮件：

我不知道那个海岬的背面是什么地方。石滩上有很多小螃蟹在爬，海水漫上来的时候，它们跑得很快，可还是被淹没了，水退下去，它们又开始爬，都是那种浅淡的颜色，有的近乎透明。从这里看海，看到远处的时候，会有种呆在瓶底的感觉，一个巨大的瓶子，注满了深蓝的海水，还记得上学时的那个课文么？从瓶子里跑出来的巨魔，他是怎么被重新骗回到瓶子里的？他就那么一直在海里漂浮着，从一个地方到另一个地方，直到新的好奇的人捡到它，打开那个有着所罗门封印的塞子。有时候我觉得自己即是那个好奇的人，又是瓶子里的魔鬼。而我的现实生活，可能就是那个瓶子。第二张图片上，那个打瞌睡的老人，后来摇摇晃晃地走过来，问我时间。还向我要了根烟抽。他在海边撒了泡尿，然后回过头来问我，有没有捡到什么东西呢？我说没有。他说，我以为你是来找什么东西的呢。他咧开嘴笑的时候，真的很难看。人老了难道就是这样的惨状？那我可真有点怕老了。你说的没错，我觉得，你还在那里。

他有些沮丧。但还是躺下了，闭上了眼睛。进入了半睡半醒的状态，蒙眬中他听到流水的声音。他睁开眼睛，听见你在洗手间说话。是让他过去。温暖的金黄灯光里，你的身体上涂满了浴液的泡沫。你给他也涂满了。他拿着淋浴头把你从上到下冲洗干净，让温暖润泽的皮肤水淋淋地呈现在眼前。

"喜欢它么？"你说。

"什么？"他没明白。

"我是说我的身体。"

"当然，喜欢。"

"嗯，能记住它么？"

"还用说么？"

19

没有什么是不能原谅的。那些散开了东西，仍旧散开在那里，似乎在不断地增加着彼此的距离。他没有找到任何线索，能把它们重新串在一起。等洗手间里抽水马桶的注水声逐渐平息时，你已经钻进薄薄的被子里，躺在他的身边了。他感觉到你的手背上还有些水珠呢，皮肤表面凉丝丝的。不知道是什么东西触动了某根他自己也不大了解的神经，他伸开手臂把你拥入怀里。在手臂与身体慢慢缠绕在一起的那个瞬间里，你亲了亲他的眼睛。

在他那感动的波纹散去时，你已睡着了。他躺在那里，看着天花板上台灯反射的那簇微暗的光圈。不知过了多久，感觉你睡熟了，他就把你的头小心地放回到枕头上。然后起来，去洗手间，随手拿了份报纸，坐在坐便器上看。就这样坐了十来分钟。他几乎把广告都看过了一遍，可是肚子里还是一片寂静，他感觉自己的那些肠子好像都变成化石了，再也不会蠕动了。这里的光线明亮而温暖，排气扇嗡嗡地转着，他从侧面的镜子里看到自己，清晰得有些奇怪。

清晨，外面下着很细密的雨。他蒙眬地醒来过一次，发现你不在身边，隐约听到洗手间里有水声，就又睡着了。等再次醒来，已是早上八点多了。他坐起来，仍然没看到你的身影，就叫了声你的名字，也没有回应。起身来到阳台上，他站了一会儿，抽了支烟，觉得味道有些苦，抽了不到一半就扔到了外面。雨水的湿气扑面而来，一阵冷清的感觉迅速地掠过了皮肤的表面。然后他又回到房间里。出了会神，终于感觉自己完全清醒了，于是就拿起手机拨打你的手机号码，随后传来的是您拨打的电话已关机的语音。这已是你们在这里待的第四天了。

桌子上还有你吃剩下的半个苹果，布满坎坷的果肉上面泛着那种他不喜欢的淡褐色。那只苹果搁在了一只玻璃杯子的口上，杯子里还有一点水。你是喜欢吃苹果的。前天晚上，或者说凌晨三点多，也可能是四点左右，他忽然醒了，发现你坐在桌子旁边的沙发上，安静地吃着苹果，手里还拿着那个《时间简史》。你吃苹果的声音在这寂静时刻响得有些奇怪。你蜷着腿，脚蹬着沙发边缘，很专注地吃着。那只苹果很大，削了皮，白净地闪着台灯的金色光泽。他躺在那里，看着你慢慢地吃完。你松了口气，就像突击完成了一件什么重要的事，感觉身心通泰似的，然后站起身来，去洗手间，放开水龙头，又关上。即使回来时发现他睁着眼睛躺在那里，你也没有表现出什么诧异，倒头就又睡了。

在洗手间里，他看到了那本霍金的书。他拿起它，翻开了，那句话还在，"这个时间，是我们的，历史里的，被压缩过的……"只是被人用笔划上了几道横线，被否定了。在下面，有一行用酒店里的那种圆珠笔写的小字：

宇宙大爆炸的奇点，其实是人为的，所以是不可能真正存在过的。从这个意义上说，霍金是个疯子。

回到酒店大堂，他犹豫着，走到了前台那里。那个女服务员看着他，问他是不是在找人？他点点头。

"和您一起来的？"

他点头。

她恍然大悟似的，"那位女士今天一早就离开了，带着旅行箱。"

"她说要去哪里了么？"

"北京。"

20

晚上十点左右，他打车赶到了五十公里以外的那个机场。雨停了。刮着风。台风明晚将在离这一百多公里的地方登陆。在机场候机大厅里，他等待了三个半小时。不出所料，班机延误了。他麻木而恼火地注视着那个漂亮的登机口服务员。她毫不理会他的目光，也不理会别人的。有几个人忍不住怒气冲冲地围着她吵个不停，后来，她被另一个中年女人替换了下去。那个中年女人也不言语，只是默默地圆睁着眼睛，注视着每个人。

延误的航班终于还是到了。他注视着，它从远处慢慢地滑行过来，终于对接上了那个登机通道的接口。然后是行李车过来了，几个工人在把行李搬到机身下方的货舱里。他看不清他们的脸。

登机后，找到座位，系好安全带，他觉得有些疲惫不堪，就默默地看着外面。机翼上布满了水珠。机场里似乎只有这架飞机在准备起航。不远处的那些跑道灯闪烁着冷静的光亮。大概又等了半个多小时，飞机终于发动了，机翼上的那些水珠颤动起来，很快就变成了弯曲的水线。

飞机飞上了夜空。

他感觉耳朵里的刺痛一直深入体内，所有的内脏都随之瞬间痉挛。

他把那本《时间简史》从包里拿了出来，但随即又放了回去。他的脑子里浮现的并不是你的声音，而是另外的一些声音。他感觉到某种不安和莫名的沮丧在他脑海里盘旋着。对于此刻的他来说，所有的声音，都是盐，撒在了他的神经系统里，它们其实并不像他以为的那么敏感，就像被腌渍的蔬菜那样，它们在收缩着，改变着味道和性质，安静地浸泡在身体这个罐子里。对于他来说，这就是遗忘的开始。

他闭上眼睛，下意识地想到回去之后该做点什么。他心里保留的最后一点理想，就是要研究满语。他已收集了很多资料。只要时间允许，他就可以找个安静的地方，随时开始了。然后，他又想起了老陈，甚至还有那个人造模特般的女人。所有的人与物，都有其位置。你从哪里拿到它并不重要，重要的是你得按时把它放回到原位。这是他多年来得以保持平衡的秘诀。然而现在，这个办法失效了。实际上，当一切回到了所谓的原位时，也就意味着有很多东西都已不复存在了，就像死去的皮肤角质层一样，脱落得没有半点声息。

飞机进入平流层航线，保持平稳状态。

空姐们送来了晚餐，后来又加送了一次饮品。两个小时之后，他将回到自己所在的那座城市里。那时已经是凌晨了。他不会直接就回家。那去哪里呢？他并没有想好。那里有个地方，也有南国的风光，只不过是人造的，然而那种虚假的景象也自有其奇怪的魅惑力，那里碧清的温暖水光，浓郁的洗发水沐浴露的香味，迷幻般的灯光，都可以让人暂时忘掉外面的世界。他准备在那里住上两天。

透过舷窗，看了看外面，他累了，也困了。

在一阵气流导致的激烈晃动过后，他又一次朝舷窗外的下方看去。飞机正在飞过一座大城市。他能清楚地看到,下面那些遥远的装饰了城市夜晚的碎玻璃般的灯光……看着看着,他忽然有些迟钝地觉得,飞机好像静止了。

要是永远都不会降落,他想,就好了。

2019 年 8 月 10 日

风

1

一九九六年夏天,封游清飞去布拉格的时候,不知博得了我们多少同情的眼神。她离婚了。那个叫她"风油精女士"的男人,在携款潜逃的途中被警方捕获,这倒没什么,令她无法接受的是,他竟然还带了个有夫有子并不算貌美的女人,还昵称之为"风一样的女子"。这可真的就是狗血淋头啊,她几乎是一字一顿地对我们说道。身材高挑的她穿着黑丝衬衫、黑纱长裤,蹬着九厘米高跟的皮鞋,戴着墨镜钻进她哥的那辆奥迪 A8 后座时,厂门口那些旁观者都觉得她像是要去参加一场葬礼。

我们都喜欢她。她每天上班时都会换上不同款式的衣服、首饰和墨镜。她从不穿裙子,只穿长裤。她的颧骨有些高,肤色略黑,但还是能看得出颧骨上的雀斑,当然这丝毫不影响她在我们心中的飘逸形象。我们经常会开玩笑,她老公怎么受得了这种风情而又强悍的女人啊,可是没说多久,他就逃了。这位采购处的新晋主管,白面书生,真是出乎所有人的意料。我们都记得,消息传来后,她站在办公室走廊尽头,抽了半包烟。

布拉格什么样啊?从她寄回来的几张明信片来看,它陈旧而又阴郁。但在长途电话里,她却欢快地对我们说,这里人气很旺,到处都是阳光啊。捷克斯洛伐克的首都啊,人人都有汽车,无所事事,悠闲懒散。不是分了吗?分成了捷克和斯洛伐克?我们问。一九九三年啊。我管不着这个,她笑道,我找到了好生意才是真的。没等我们细问,电话就断了。

一九九七年春节前,她回来了。在欢迎晚宴上,她自豪地宣布,姐姐我这回真发了。布拉格,一百多万人,有二十万男人穿上了她贩卖过去的大裤头。这是什么概念啊?她抽着烟,摇头叹息,你们真的没法儿想象,这有多么的简单。她从沈阳五爱市场,每条五块钱批发,每次发货两万条,到了布拉格,再批发给当地人,五美金一条,三个月卖了二十万条……你们算算吧。说到这里,她深呼吸,然后抽完了那支烟,摁灭在满是烟蒂的烟缸里。确实,我们都被深深地震惊。我们宁愿相信是她疯了,而不是真做成了这生意。我们用心计算着,把美金换算成人民币。这数字,对于月薪六七百块的我们,实在是天文数字,令人虚无。这件事随即变成了不断发酵的传闻。跟我们一样,很多人都不信。但接下来发生的事,让我们不得不信了。她把她姐一家人都派到了布拉格,因为她在那里开了个饺子馆,她姐姐姐夫,外加一个邻居大妈,在那里包饺子,每人月薪一千五百美金。

从那时起,谈起她时,我们就都叫她"风油精"了,就好像人人都是那个傻乎乎地逃跑的小白脸。可是,她为什么不去布拉格定居呢?我们百思不得其解。她的回答每次都有所不同。最后大家终于明白了,她是想在这边再找个男人,真正爱她的。香港都他娘的回归了,她恨恨道,我难不成还找不到个像样的男人?我们都点头,心里暗想,悬。想想她那一米七二的个头,那种傲慢,气势逼人,那副老烟枪的派头,还有那双尖锐的高跟皮鞋……我们都觉得能罩得住她的男人,至少在我们单位这几万人中是没有的。整个城市里想来也不会有了。残酷的现实。

没文化的,她是看不上的。没有男人气概的,她更是看不上。那些混在面儿上的油腔滑调、蝇营狗苟之徒,就更不用说了。可是没人能想到,她会喜欢上厂办副主任老瞿。不过细一琢磨,老瞿跟她至少有两个共同点,身材高大和傲慢。这位老兄年方四十,虽副职坐穿,但依旧目中无人,永远眯着眼睛看人，不给个正眼，不知得罪了多少人。他仕途不顺，是因为他超生，有了个儿子。他最拿手的事儿，是写报告。一万多字的年度工作报告，他一个通宵就搞定。无人能及。党委书记曾有一句名言，要在机关混，要么能办事，要么能办文，至少占一头，否则就赶紧挪窝。他是能办文的笔杆子。

风油精对老瞿这支笔，是半点兴趣都没有，称其为废话大师。她说每次年终大会上，听着领导念那一万多字的报告，她都想笑，因为想到老瞿被虐成了狗，才写出这漫漫长文，再通过领导的嘴，把大家虐成狗。所以吧，她笑道，我们大家其实都是狗男女。说这话时，她正跟我们在一个酒桌上，半杯半杯地喝白酒。她的酒量是家传的，喝一瓶五十二度的白酒，在她只是基本量。那些酒场老将，对她也是敬畏三分。要让她喝醉，很难，除非她成心想醉。

老瞿的酒量，跟她般配。有一回总公司搞活动，在本地最豪华的夜总会。有舞台，有乐队，有歌手，装饰奢侈华丽，灯光旋转、令人目眩。他们把一桌人都喝趴了。老瞿兴致不减，几个大步跳上舞台。他抓过麦克风，对乐队致意，说要唱几首歌给在座的朋友们，人生何处不相逢，相逢何必曾相识？大家热烈鼓掌。他唱了一组《小白杨》之类的歌曲，震惊四座。原来，他早年在公司文工团待过，系统学过美声和民族唱法，唱起歌来字正腔圆、底气十足，手眼身法步，无不到位。最后一首，唱的是《月亮代表我的心》。他始终朝着一个方向。当然，风油精正侧着身子，在那叼着烟，歪着头，似笑非笑地拍着巴掌。歌声落下，全场掌声中，她披上大衣，冲他竖了竖大拇指，转身走了。

　　他十六岁时，就演过样板戏。多年前的唱词，他仍能一字不落地唱出来。但他最爱的，是话剧。在市总工会的职工业余剧社里，他演过《雷雨》。导演是外行，他演得再好，也没用。他的理想，是有朝一日能进京，跟人艺的飙场《茶馆》。人都笑他，他却说燕雀安知鸿鹄之志。风油精说这事儿没准真能成，出钱托几层关系，搞定人艺领导，让你演一次！他沉默不语。后来他承认，自己被感动了，人生得一知己足矣，斯世当以同怀视之。于是风油精就投入了他的怀抱。他们经常约会，晚上开着单位领导的那辆卡迪拉克，围着这座城市转。他喜欢边开车边唱歌给她听，她说她始终都不习惯这种方式，妈的听他这么近唱歌，浑身不自在，起鸡皮疙瘩。据说他有时还会跟她朗诵诗，比如郭小川的《祝酒歌》，每次都听得她笑岔气儿。太夸张了，她说，简直。不过她喜欢他。就是他了。

　　他的人生充满了阴差阳错。比如他想成为作家，却成了写报告的；他想演戏，却成了领导的走卒；他想找个浪漫的爱人，却娶了个贤妻良母；他想遇到一个灵魂伴侣，却偏偏碰上风油精。他把"风"字改成了"疯"。有次喝酒，他低声对我说，真的，你不知道她有多疯狂。每次深夜里，他想回家时，她都会大闹一场，逼他当场写封情书才可以走。每次他因故不能赶到她那时，都要给她写封悔过书，忏悔自己的无能。有一次他拒绝再写这种东西，她就拿烟头在左臂上烫了朵梅花。真的，他说，我气哭了。

他们折腾了半年多。在年中会后的晚宴上，她喝多了。当众宣布，她要跟他在一起。领导拉住他，低声为他指明出路，我给你放个长假，你不是想进京么？去吧，去人艺体验一个月，算你出差。他给领导鞠了一躬，转身就走了。风油精找不到他，大病了一场，在医院里住了一个多月，其间还用脑袋撞碎了病房的窗玻璃，额头留了道疤痕。后来她又去了布拉格。她想卖了那个饺子馆，然后周游世界，至少去美国看看。她姐姐拒绝了。布拉格是个鬼呆的地方，她说，处处让人透不过气来。她走遍了那里的所有酒馆，喝遍了所有洋酒，认识了好多酒鬼，都是些可怜人。后来她认识了个朋友，此人滴酒不沾，还是个准备移民美国的汉学家。她那天晚上喝多了，坐在马路边上差点吐死。这人开车经过，就问她需不需要帮助。她就上了车，然后不省人事。这位汉学家不会说中文，却能看懂古汉语，能写半文半白的中文。他最喜欢中国的《诗经》。她醒了之后，才发现是在他家里。她喝了杯浓咖啡。他想借助拼音给她读《诗经》里的第一首诗。她说，NO。他家有好几个房间，她睡的是顶楼那间有天窗的。她躺着看星星，直到天明。

回国后没多久，她收到了他写来的信。她也听说了老瞿的一些事，比如在北京认识了几个攒电视剧的，回来后就开始张罗一部四十集电视连续剧，写剧本。双方约定，一旦开拍，他演男二号，说他的样子像个解放军团长。他请了三个月病假，完成了初稿，还找到了赞助。那几个人收了他的钱，就没了踪影，当时他已找好了所有群众演员。这事儿黄了，他在单位的位置也丢了，成了个闲职人员，整天灰头土脸的，躲在办公室里不见人。

这时风油精前夫也保外就医出来了。靠倒卖汽柴油，很快发了家。然后也没跟那个女的在一起，而是找了个中学英语教师，住在河东新城。她才不在乎这些破事儿呢，在她眼里，他们都是随时可进五院（精神病院）的浮云。她忙着学英语，每晚都去夜校。还经常跑到友谊宾馆那里，找老外练对话。老外都喜欢她，说她有语言天赋，其中有个老头儿还夸她的英文有美国东部口音。她把这事都写在了信里，用磕磕绊绊的英语，写给远在美国的那个汉学家。每封信都不长，都要等很长时间才能抵达纽约，过了很长时间才能收到回信。她觉得这样的节奏最好。她每天上班都是想来就来，想走就走，因为她哥哥已升任单位领导副手了。

有一回，她在市政府办事，在大厅里忽然碰到了老瞿。操，她忍不住骂道，见鬼了这是。老瞿一脸茫然万分委屈。两人四目相对，无语半天。最后还是她先开了口，你怎么混成了这副德性？他说你能听我解释么？不能。临走时，她问他是不是女儿住院了？他说是。还挺严重的？他说是。要花很多钱？他说是。你有个屁钱啊？他不言语了。"You are hopeless!"她咬牙切齿地说道。他当然没听懂。她出去到银行取了十万块钱，交给了傻站在外面的他，这是给孩子治病的。我还不起，他低头道。她说，欠着！

半年后，她办好了签证，去了美国，跟那个汉学家结了婚。婚后他们去了芝加哥。她在那里开了家饺子馆，汉学家则在大学里教汉学。他是个犹太人，有虔诚的信仰，每天都会祷告。在电话里她告诉我，她胖了。你想想看，她说，就我这个骨架，胖起来会有多吓人，完全像个美国女人了。她觉得汉学家老公有很多招人烦的地方，比如他的信仰，还有他那半吊子中文，以及一些生活习惯，难以忍受……可是，他爱她，哪怕是她拒绝生孩子，他也还是深深地爱着她，就像爱中文那样，甚至爱她变成了一个无可救药的大胖子。

2

上面的这个故事发表后没多久,我就收到了一封厚厚的信。是走邮局来的。看到信封上的字迹,我立即就知道写信的人是谁了。他就是故事里老瞿的原型。十几页的信,是用钢笔写的。字体一如我记忆中的,不好看,但整齐有力,有些地方把纸都快要划破了。纸用的是单位的便笺,上面印有单位的抬头,绿字,没有格子,底下的印制日期还是二〇〇三年十一月。这封信显然是打过底稿后再抄上来的,因为从头到尾没有一处涂抹的,也没有笔误,甚至连标点符号都没有用错的地方。这位老笔杆子出身的老哥至今还保有当年严谨的公文习惯,着实让我有点意外。我至今还记着当初他坐在那里准备动笔写年度报告之前时的样子,点上一根香烟,泡上一杯好茶,抖了抖右肩,眯起眼睛,深呼吸,动笔。他喜欢一气呵成,不喜欢拖拖拉拉去写。他喜欢边写边念念有词,仿佛是先讲出来的,然后才写下的。把稿子交给打字员的时候,肯定是干干净净的成稿。打字员开始打字了,他也不马上离开,会在那里站上一会儿,甚至会小声哼唱几句。然后他还会跑到窗台那边,拿起喷壶给那些花浇水,有时候还会找把剪子剪枝。有一天他对我说,办公室要是能养猫就好了,没事儿放在腿上摸一摸,会比较惬意。我说那你可以在家里养嘛。他摇摇头,你嫂子最讨厌猫了,她觉得猫这种动物有种妖气,怎么用心养它都不会有感情的。他老婆出身政府官员家庭,虽然相貌平平,但知书识礼,待人接物都很得体,就是身体一直不大好,生了个女儿之后就更不好了。女儿生下来就听不到声音。于是后来他们就托关系要了个二胎指标,又生了个儿子。他特爱这个儿子,说这孩子长得像爷爷。

　　爷爷当年在部队里是团政委,转业到地方后当了中学校长,没多久就被下放农村,后来落实政策没多久就去世了。谈起父亲,他总是肃然起敬而又颇为自豪的神情。他说老爷子当年是部队里为数不多有文化的,因为参军时已经读完高小了,写得一手好字,还能写古体诗,平时不管行军打仗走到哪里,随身行李里总带着那套《鲁迅全集》和《资本论》。老爷子当年的老部下,解放后好多都当了师长、团长。其中一位还成了我们单位第一任厂长,非常正直能干,是个人物,只可惜后来被打成了"反革命",在被押解进京途中,跳车身亡。老爷子是唯一敢去死者家中吊唁的,当然没多久也因此受了牵连。老爷子膝下三子两女,他是最小的,也是最聪明的。老爷子对他有很高的期望。可事与愿违,他喜欢的事,老爷子都不喜欢,反之亦然。希望他将来当老师,要么就进部队,他却喜欢各种乐器和唱歌,还喜欢写小说。他十三四岁时，好说歹说，进了少年宫的合唱团，老爷子就此下了结论，这小子，将来注定是诸事无成啊。他少年时的偶像，据说是演员赵丹。电影《哈姆雷特》里丹麦王子的那些台词，他都能倒背如流。老爷子下放农村时，一家人都跟着去了，他当然也不例外。好在下放的村子山清水秀，物产丰富，村长还是当年老爷子手下的连长，对他们一家多有照顾，才没受什么苦。可老爷子蒙冤心苦，天天借酒消愁，那时有粮吃就不错了，哪里还有酒给他天天喝？酒瘾发作时，老爷子连煤油都喝过，虽说没喝死，可身体却垮了。在他那里，这段下放日子留下的，却多是美好的记忆，什么上山采榛子、野果、蘑菇，下河摸鱼、捉虾之类的，少年不认愁滋味，又不用上学，天天悠哉游哉的，也没人管，快活得不得了。苦日子是回城后开始的。老爷子病故了，两个哥哥都还没上班，家里六口人全靠老妈一人工资养活。整整苦了四年多。直到两个哥哥先后上了班，日子才开始好过起来。他没考上大学，上了中专。毕业后进厂没多久，就因文笔好，直接被调到了厂办室当秘书，当时才二十岁，前途一片光明。他跟老婆谈恋爱时，岳爷还在位。结婚不到一年，岳爷就退二线了。用他的话讲，就是一点力都没能借上，这就是命。

3

××兄：

　　说来话长。看到你发来的这个故事，或者说小说吧，我其实是有点恍惚的。你写的那个老瞿，显然就是我了，这个没什么可怀疑的。不少细节，我都记不得了，还有些细节，我可以断定不是我的，不过也没什么，故事嘛，总归就是这么出来的。毕竟是二十年前的事了。很多事儿，我也得想想，再想想，才能想起来当时的情形究竟是怎么样的。想得多了，心里就觉着像堆起来很多旧物，自己像个仓库似的，被塞得满满的。本想打个电话给你说说的，可转念一想，倒不如动笔写下来好。能写多少算多少。要是电话里说呢，可能就有点像为自己辩解了，我不喜欢这样，估计你也还能记着我的脾气，向来不喜欢为自己的所作所为辩解什么。

　　有些事情，我要是不说，别人是不会知道的。你写出这么个故事，我一点都不奇怪，因为你知道的有限，怪不得你。而且你写故事嘛，本来就不是要写什么真相，只要你觉得有意思，你就写了，我明白这个，你哥我多少也算是写过东西的。说实话我还是挺喜欢这个故事的。我甚至挺喜欢里面的那个封游清。要是当初我遇到的是这个人物，那我敢肯定地讲，后面的故事就不是那个结果了。可惜，她不是我认识的那个女人。在很大程度上，也不是你认识的那个。她是你想象出来的一个人。我喜欢你的这种写法，能让一个不存在的人活现眼前。这活儿你干得不错，那接下来我要写的，就是你我都认识的那个女人，写写她的那些事儿，我不说你就不会知道的，还有些你可能曾经知道的，但现在估计也记不得的。

我认识她，是因为她哥是我老同学的朋友。有个喝酒的局，是我老同学张罗的，她哥、她、我，都在。当时她还没结婚呢，也没后来那么张扬，还是个不怎么喜欢说话、也不喝酒的小姑娘。当时我对她的印象，就是人高马大、眼大无神，说话不张嘴，哼哼唧唧的。再见面，已是五年后了。就是你写的那个年会上，但有一点你写错了，我不是唱给她的，而是唱完之后，才看到她的。当时我并没有马上就认出她来，因为她的穿着打扮什么的都变了样，完全是个成熟女人了。我跟她也没坐一桌，而是隔了好几桌。我唱完歌，经过她身旁时，她叫了我一声瞿哥，我才发现她。当时也只是简单聊了几句，知道她已调到我们单位了。她给我的印象，跟以前完全不一样，已经是个眼神热辣、性情开朗、举止大方的漂亮女人了。我跟她哥倒是一直都有来往，虽说谈不上深交，但也算得上关系不错。我知道她一年前就结婚了，老公就在我们单位的销售处,是个小白脸。我当时还逗了她一句,怎么就跟他了呢?她笑道,好看呗。后来我才知道,这是实话,而不是说着玩儿的。

　　后来,是她先找的我。她想学开车。我们办公室管车,司机我都熟,随便用哪台车都可以。差不多有一个多月左右,我们每到周末就到附近中学的操场上练车。她并不是那种大脑小脑都发达的人,开起车来笨笨的,学得很慢,但胆不小,喜欢乱开一气,故意对我露出她幼稚的那一面。我承认,我确实是在那段时间里渐渐喜欢上她的。练完车,我们也不马上就离开操场,而是坐在车里,闲聊天,天南地北的,人情来往的,什么都聊。她是个话多的人,喜欢一句赶一句地讲,连珠炮似的,都不给你匀空儿。后来,不知道从哪天起,她忽然又变得话少了。没话说,两个人也没怎么觉得尴尬。我们就放音乐,抽烟。她说她是结婚那天开始抽烟的。她喜欢把音乐声开到最大,对音乐本身倒是不挑剔,听什么都行,主要是喜欢车子在重低音里轻微晃动的感觉。有一天临送她回家时,我想对她说点什么。她淡定地问我,你了解我么?我说应该算是吧。她笑了笑,我自己都不了解我自己呢。其实,这也是实话。

　　我算是被她这种很酷的调子迷住了。这是我比较幼稚的地方。我总是会不由自主地喜欢上那些莫名反常的东西。她拿到驾照的当天晚上，就开车带我出去了。她什么都没说，直接就把车开上了高速公路，去了五十公里外的省城。说实话，车子停在市中心那个最豪华的大酒店门外时，我还有点恍惚。她早就订好了房间。那天晚上，我们几乎都没怎么睡。她像头野兽似的，在我身上咬出了很多牙印儿，有的都渗出了血丝。有那么一会儿，我觉得我们都疯了。天蒙蒙亮时，我在窗前站了一会儿，心里有种古怪的感觉，就是觉得从此以后，再也没什么事情是有意义的了。我站在洗手间的镜子前，看着自己一身的牙印儿，感觉每个都在隐隐作痛。她忽然出现在我的背后，诡异地笑道，这是礼物。什么礼物？我没明白。不是给你的，她说，是给嫂子的。你疯了吧？我忍住了火气。没错，她说，你不想跟我一样么？我沉默了片刻，不想。那我会让你想的，她说。

确实，有那么一段时间，好像我体内的某种东西被她激活了似的，我变得跟她一样疯狂了。现在想想，都觉得不可思议地可怕。但我知道，这事儿，快要到头了。那时候，我已经发现，她实际上是个特别爱说谎的人。十句话里总有七八句是假的。就拿你写到的那件事儿来说吧，布拉格的那段，就是她把别人的事装在了自己身上的。卖大裤头的，开饺子馆的，是一个男人，而不是她。她是跟他去的布拉格，但在那里没待几天，两个人就翻脸了。据说是因为她不相信他对自己的感情是发自内心的，而他呢，也根本无法忍受她的喜怒无常。那个老外，那个所谓的犹太汉学家，倒确实是在布拉格认识的，但是在机场里。后来她到美国后才知道，这人根本不是什么汉学家，更不是什么大学教授，只是个中文爱好者，在芝加哥有个不大的农场。当然这都是后话了。

这么多年了，我很少会想到她。你可能想知道，我会不会恨她？一点都没有。我已经有点想不起来她的样子了，与其说她是我记忆里的一个人，倒不如说是个影子，像个幻觉留下来的痕迹。接下来我只要忘了她就可以了。当然这也需要一个过程。我现在活得多舒服，什么麻烦事儿都没有，每天只要办公室里一坐，泡杯茶，看看报，翻翻书，也就过去了。那些离退休老干部也就这样了。我小儿子都高二了。我女儿现在是个剪纸艺术家。等哪天我发给你看看她的剪纸，相当不错。我对自己的生活，对这个世界，一点意见都没有，非常的满意。因为我是过来人了。看透了。

不过说句实在话，她对不起我。当年我对她，是真的用心了。她生病住院那阵子，我天天那么忙，可晚上还是会去陪她，经常到后半夜才眯一会儿，第二天一早照样上班，跟没事儿人一样，别人都看不出来我整个晚上几乎没怎么睡。可她怎么对我的呢？她给我的都是谎话。你能想象得到么，她暗地里交往的，都是些什么人？我也是后来才知道的。当时我已经看透了她这个人了，一个没心没肺的非常自私的充满占有欲的女人，你知道她怎么放话么？她说我想要的东西，要是得不到，我宁愿砸坏它也不会留给别人。我决心跟她断绝来往之后，她到处讲我坏话，说我引诱她，占她便宜，玩够了就想拍拍屁股一走了之。她就是想让我名声扫地。是，她做到了。有一天我在厂门口的那个广场上偶尔碰到了她，我就对她鼓掌，你赢了，恭喜你，我输了，我认输。她上来就给了我一个嘴巴，然后又一拳打在了我脸上，把我的鼻子都打出血了。我没动。回办公室洗把脸，我继续上班，跟没事儿一样。我没什么可怕的了。领导找我谈话，我就谈，把这事儿从头到尾原原本本讲一遍。人家一听是这样，也就不说什么了。不管几个领导找我，我都是这样。我不怕烦，也不怕丢人，我是君子坦荡荡。

再后来，她就去了布拉格。其实这是为了掩人耳目。因为她前脚走，后脚就有一帮人闯进了我家。看得出，这些人都是黑道上混的。他们每天吃在我家，睡在我家，就在那个客厅里，抽烟，喝酒，打牌。我的孩子们都不敢出房间。要不是我老婆是见过大世面的人，还不知道会有什么样的后果呢。她每天照样买菜做饭做家务，就当他们不存在。后来，我一黑道上的兄弟看不过去了，就带人过来，跟他们摊牌，到底想要怎样？最后，他们开出了条件，要我拿十万块钱，算是补偿。我老婆当天晚上就回娘家凑足了钱，给了他们，这事儿才算了了。然后没几天，她也从布拉格飞回来了，跟没事儿人似的，还到处讲自己的旅行。有人跟她提到我家里这出戏，她还装糊涂，说跟她半毛钱关系都没有，是我坏事干多了，自找的麻烦，说我睡了黑道大哥的老婆，不然人家怎么会那么兴师动众找上门来，还住家里？就凭我，她反问道，我有这魅力么？！愣是说得听者差不多都信以为真了。她真是个天生的演员。

我跟你说这些，不是要给自己当年的愚蠢导致的后果做什么辩解。有人说我之所以会跟她这种女人好上，不外乎两个原因：一是想借她哥的光，二是变态的欲望。听得我都想笑了。怎么着我也算是半个文人吧？她呢，有什么？她就是毒药。谁沾上她，都没好下场，只有死路一条。她睡过多少男人，可能她自己都算不清楚。对，我是什么都没有了，但我还有个幸福的家庭，有爱我的老婆，有两个好孩子。她有什么呢？她一无所有。她赢得了谁呢？她每赢一次，就剥去她一层皮，最后剥下她整个画皮的，不是别人，就是她自己。我闷了这么些年，没说过她一句不好的话。她还跟人说我诅咒她，说我找人下了诅咒符在她家里，让她事事不顺，不断地走霉运。真是天大的笑话。她真该去写写电视连续剧的剧本，好好施展一下她编瞎话的天赋。她临去美国之前，还把我写给她的那些信贴在了厂区公告栏里。我根本不在乎这些，谁爱看就看去吧，好好看看我都写了些什么？它们是这个城市里的人所能写出来的最美好的文字。它们只能证明我是个天真而又浪漫的人，当然，也是个愚蠢到极点的人，因为我选错了对象，写给了一个魔鬼。有人劝我去把它们撕掉，我拒绝了。我甚至希望它们永远都在那里，不要被撕掉，也不要被别的公告盖掉。至少，让大家看看，我是怎么表达我对真爱的执著追求的。我不怕变成一个笑话。我本来就是个笑话。谁又不是个笑话呢？她不是么？你不是么？大家都是。早晚而已。不要介意我的激动，其实我很平静。我相信我的日子，会比她长久。我就在这儿看着。

你哥哥，老×
201×年12月12日

4

封游清到美国后，除了那个电话，就再没有音信。又过了一年左右，春天里，她寄的两张明信片到了。一张是旧金山的金门大桥，后面写了密密的小字，"这里有很多华人，是个到处都是坡的城市，我住在一个朋友家里，每天出门都是上坡下坡。我发现黑人也挺多的。那座桥，据说是自杀胜地。站在桥上，看着风景，吹着风，还是多少能理解那些人为什么要跳下去的。那是一种美好的眩晕感，尤其是对于那些活得苦逼兮兮的人来说，这种感觉太奢侈了，就留在这儿好了，就跳了。估计也就是这么回事儿。我买了几本红色日记本，准备没事儿写点什么。但我发现，实际上好多事儿都不记得了。想想这个，我就顿时轻松了起来。还好，我长这么大，没做过什么对不起别人的事儿。吃得下，睡得香。我记着你说过，能这样，人就大有可为。谢谢。"

另一个明信片上的邮戳日期，是半个月后的。以色列的海法街景。后面仍旧是很多字，"我跟他到以色列了。这里据说是他的亲戚最多的地方。他父母也住在这里，都八十几岁了，真能活，整天笑眯眯地看着我。他想从美国迁回到这里，跟亲人们在一起生活，然后也可以继续他的汉学研究，说是这里的一个大学里也开了这个专业，负责人是他的同门师兄。这里人不多，街上白天里也见不到几个人影。我是不喜欢这种地方的，除了适合养老，等死，我实在想不出还有什么好处。后来我跟他说，要是你想留在这里，我不反对，可我得回芝加哥。我还有我的那个饺子馆呢。另外，我还要买个农场,在那里养鸡养鸭养猪养羊。他说他要想想。那就慢慢想好了。我明天就飞回去了。"字都是用削尖的钢笔写的,真称得上是蝇头小字。

2017 年 3 月 27 日

爸

从出租车里往外钻时,他的头撞到了门框上。缩起脖子,伸长右腿,把屁股挪出去,就听到那些硬币滑落到了地上。出租车走了,卷起一阵风,狭窄的马路仿佛瞬间被抽成了真空状态,灯光都落在了远处,而这里只有大片重叠的暗影。远处的路口,在灯光里看上去像是飞离过程中忽然静止的金灿灿的发光体。轻微的耳鸣。他俯下腰身,肚子赘肉又一次压迫到了内脏,他不得不屏住呼吸。地上的那些硬币,在尘土里并没有散开。逐个捡起它们,吹去上面的灰,都还是新的。他重新把它们握在了手里。前面十来步远,她只是个黑影。

灰尘还没落完。她踩着路沿,轮换翘起黑高跟鞋的尖头,歪着脑袋。他晃晃地走来。看不清脸。挺柔软的一个人。轮廓有些模糊,好像随时都在变换形状。她背后的空地上,横七竖八地停了很多车,都落满了灰尘,像是多年前就被遗弃在这里的,样子都有些古怪的张扬。这里,像个山谷,有点荒凉。他把右手揣到了裤兜里,松开了,那些硬币就落了底。之前,在那个 KTV 会所里时,他右手是一直揣在上衣的侧兜里,不时摆弄着硬币。她依偎着他,右手放在他的左手里,五个指头被他慢慢地轮番摆弄,像在数到底有几个。她忘了是怎么听到那些硬币的低响的,好像忽然就从震耳欲聋的音乐声深处浮了上来,让她有种莫名的游离感。

想什么呢?每次她走神的时候,他都会这样问。恍惚中,她觉得他就像个盲人,什么都看不到,却又像什么都知道。只要她敬酒,他就会喝下去,没什么话。"您就别老问我了,"她说,"我的脑袋,现在是空的,您其实可以问我点别的什么,比如姓什么,叫什么啊。"好吧。她叫什么,他是无所谓的,反正都一样,明天她会换另一个名字。后来她发现,他除了摆弄她的手指头,就再没别的喜好了。她只好继续装成小鸟依人的样子。当她们在领班的指挥下面对各自的客人贴身表演时,他也没什么兴趣,只是脸上带着奇怪的笑意。她的动作不大熟练,但胸很完美,他放下手在她耳旁赞美了一句。"可我看不出您有什么兴趣啊?"她对着他耳朵大声说。他也大声地在她耳旁说:"兴趣不一定都要……明白吗?"领班对着麦克风低沉地说着串词,他是你最热爱的人啊,你要最热烈地扭动你的腰身,你要看着他的眼睛,献上你的热吻,哦他总是要你更真实地来一下啊!领班站在门边夸张地摆动了几下屁股,露出一口白牙,努起嘴唇,对着麦克风吹气儿,嘶嘶嘶地响着。他暗自发笑。从时间上看,全部游戏这就要结束了。在这些场景里,他还是发现了一些喜剧性的东西。他也不喜欢唱歌。别人不唱了,他就鼓动她唱,"继续唱日文的吧,阿里嘎都。"在最后的那首歌里,她的嗓音略微有些沙哑,唱的是山口百惠的《谢谢你》。现在,他站在了她的面前,又一次问道:"想什么呢?"

她想了想,你刚才从车里钻出来一停,仰头看着什么,就是那个场景,让我想起一部日本人拍的片子……知道长崎么?就是那里,有个老男人,在火车站附近劫持了一个姑娘。那姑娘是要跟某个男人在那碰头私奔的,可是男人还没出现。她被这大叔用枪顶了脑袋。大叔要求警方派飞机,送他去西伯利亚,他要在通古斯大爆炸留下的那个陨石坑旁边完成最后的修行,要求提供三年的粮食、煤气罐、气球、罐头、饼干,还要小型发电机、手电筒和仿真人体模型和一本精装的《圣经》。谈判进行了很久。他开始有些犹豫的时候,一位情绪忽然失控的狙击手开了枪,子弹穿过大叔的左眼,接着又钻进了姑娘的左眼……后来才知道,他手里的,是仿真玩具枪。冬天的场景,长崎刚下过场雪。电视台在做现场直播,直升机盘旋在空中,传到转播车里的画面,是俯拍的镜头，他们蜷缩在雪里，就像两坨屎。

他重新打量了一下她。"还是下雪的地方好，"他说，"去年这里下了一点，今年就不知道了。"她点了下头，向上挑了一下眉头，像是在说，就是这样。他们并肩走着。他很少看电影。至少有几年没看了，三年，或者五年，偶尔在路边买几张碟片，或是听别人介绍，钻到某个巷子里，找到一家小店，买上几套著名导演的影片全集，但都搁在那里了，没时间看……将来会的，至少是把碟片都看了。他有个漂亮的实木碟片架，只是很久没有打理了，家里就像猪窝，他马上就要被杂物淹没了。他们挨得很近，都穿着领子竖起来的羽绒大衣。他说以前在地铁里，曾在一个擦肩而过的姑娘头发上闻到过一种洗发水的香味儿，当时他就尾随人家穿过了整个地下广场。那里总能看到漂亮姑娘，在白天里悠闲地逛街。"您来的时候，我一直以为您会提前走呢。"他想了想，"不会了，又没什么事儿，有也是很小的事儿，比如等个电话什么的……人啊，得让自己有点事，不然会显得古怪，你说呢？"

灯光暗淡的小区。很多树木重叠在黑影里，只有少数窗户还有灯光。她为什么没在小区门口跟他道别呢？在那幢楼旁边的路口，站着一个高大的身影。她用钥匙链上的微型手电筒晃了晃，咧嘴一笑，"我弟弟。要不要上去坐坐呢？"

她只是随口一问，但他立即就答应了。她歪了下脑袋，走到弟弟身旁，"一个朋友。"楼道感应灯亮起时，他才看清了她弟弟的脸，有些痘子，还有淡淡的胡须，两腮的肉有些下坠，眼神冷清，十七八岁的样子。他们爬上六楼。杂乱的脚步声里，那些楼道灯忽明忽暗。六楼的灯坏了。她手里的微型手电照亮了门锁。门打开，他们进去了。他迟疑了一下，站在黑暗的门厅里，透过敞开的卧室门，能看到最里面的窗户，还有外面黑色的树枝，以及后面冷白散碎的路灯光，仿佛这窗子外面还悬浮着一个巨大的气球般的世界，轻飘、膨胀、寂静。灯亮了。她在卧室里关上了门。

　　她弟弟躺在对面的长沙发上，摆弄着手机。出来时，她换了件满是小碎花的棉睡衣，进了洗手间。再出来时，头发已盘起来了，脸上多了层白色面膜。她双手叉腰，看着他，又看了看她弟弟，"他，像谁？"她嘴唇几乎是不动的，声音像是从鼻子里发出的。那男孩瞟了他一眼。她转过头来看他，样子就像那种盛妆的日本歌舞伎，脸上有厚厚的白粉。她说他像她一朋友的老爸，要是再老一点，就更像了。"我还不够老？"他神态松弛而疲倦。在那个会所里见到她之后，他对她说的最初几句话里，好像就有：你像我的一个朋友。并不是套话。现在她是要还给他？她又问了一遍，"不像么？"她弟弟重新打量了他一下，"嗯，有点儿。"她摇了摇头，"不是有点，是很多。"男孩没再说什么。过了会儿，男孩起身到房间里取出枕头和被子，简单铺好之后就又躺下了，继续摆弄手机，玩着什么游戏。等她去洗手间里把面膜洗掉出来，他已在那个单人沙发上睡着了。

像在火车上，外面铁路旁边的灯光一闪一闪的，车厢在摇晃，透过窗帘的缝隙，暗金色光线投射到那个茶几上。检票员在敲门，同时问他去哪里？他说还没想好，让他再想想……或者问一下儿子，他推了推睡着的儿子，那孩子没有醒，他抚摸着孩子热乎乎的脸，感觉眼睛在动了，就轻声问，我们去哪呢，儿子？可是孩子仍旧没有想跟他说话的意思。检票员好像不耐烦了，更加用力地敲门。他感觉自己的整个身体都被震动了。她推了推他的肩头。他的身子颤动了一下，睁开眼睛扭头看着她。顶灯已经关了，只有洗手间门左侧的壁灯发着昏黄的光。明天她还要上早班，六点就得爬起来，现在已经三点了。他说我好像做梦了。她点了点头，你好像说到了儿子。他的眼神有点茫然，"你喜欢小男孩么？"她愣了愣。她弟弟在被子里只露出一点额头，双脚伸到了外面，小腿搭在沙发扶手上。他坐在那里又发了会儿呆，才回过神来。她站在他的右前方，若无其事地看着他。他摇摇头，像在把缭绕头上的什么东西轻轻甩开。他来到门外,她站在门内。她回头看了一眼,然后低声说道:"其实,我是在想,你能不能有空跟我弟聊聊……"他没听明白,但还是点了下头,感觉清醒了一些,"没问题。"她露出微笑。他看了看她,眼睛大,脸小,有点比例失调的感觉,但还是好看的,"你眼圈都黑了。"她点了点头,"嗯,你也是哦。"她忽然很想知道,他当时怎么会挑上她?"你是那些人里表情最紧张的。"他说。

他站在路口,看着来往的车辆。他是律师,或是心理咨询师,他通常会这样跟别人介绍自己,其实大家都不大清楚。他的名片上只有名字。他喜欢跟陌生人待在一起。把一个陌生人变成熟人,然后过两天再跟这个人去见另一群陌生人,从那些陌生人里找到某个新的陌生人,变成熟人,就这样,可以无限延续。总会有人带你去见些陌生人的。当然只要你愿意,就能把那些无关紧要的话题没完没了地聊下去。那些熟人,过不了几天,可能就会重新变成陌生人,被他忘在脑后,自然脱落了,别人也会这样对他,也没什么不好。"我看你都放过六辆空车了。"出租车司机好像在试图跟他聊天,但他走神了,没听到。司机回头看了他一眼,他在看外面。一阵阵散碎的灯光和不规则的暗影交替掠过,他忽然想起那只被他关在洗手间里的猫,它那在黑暗里诡异闪亮的绿眼睛。他最近对它缺乏耐心,甚至有些烦它,尤其是它亲昵地用脖子蹭他裤腿的时候。司机挑了条比较远的路线，但他没去纠正，就这样吧，没什么。

"一个早晨，还没出太阳，我坐在黑色热气球下的吊篮里，飞过那个农场，越过那些山丘，到达了平原上空。下面，挨着山脚的公路，是深灰色的，像晒干的蚯蚓，上面有辆小汽车，看起来像个甲虫……在慢慢亮起的天光下，我看见不远处的那条河，像水银的，很多道弯，就是看不出在流动……再往远处看去，是墨绿的稻田。我看到热气球的阴影从几个草丛里躺着的人上方经过，他们都看了我一眼，眼珠像阴暗的玻璃球，一点表情都没有。后来我就听到了'呼'的一声，以为是枪声，后来又觉得是热气球爆了，就醒了。那天发生了多少事，我也说不清楚……现在想起来，就是觉得那一天好像到现在都没完呢。"过了一会儿，他又在邮件里补了一句，"这是你弟讲的梦，我只是略加修饰。他比你想象的要能讲多了，我们永远不要低估身边的人。我觉得比较有意思的，是那个热气球。"

早晨四点多，闭上眼睛之前，他在黑暗里听到了鸟叫声，就那么一点点地渗透出来，跟外面黎明前的气息很是契合。他又想起了一个人，她在那个热带岛屿上，在一群人里，在海边的树荫下吹着风，海面是隆起的，海鸥像斑点……在夜里，有很长时间，她都在看着下面的游泳池，水是暗蓝的，水底亮着灯……但是很快的，困意就淹没了一切，他觉得自己整个人都在变得异常的柔软，比如双脚，不但变软了，还在变暖，它们轻轻地相互触碰、摩挲着，彼此依赖……对于他来说，最舒服的状态就这么出现了。

"一直都很困，想睡，又不能，随时都想睡过去，哪儿都可以，可是没完没了。"中午爬起来，他才看到她的回复。他不想吃东西，或者说不知道该去吃什么。这是他的常态。"老板说，正常人，只需要睡三小时。而不正常的人会睡八小时，甚至更多，但这是堕落，真正意义上的精神堕落，注定会死得更早，你说这是多么让人兴奋的观念！他这样一说，我就更希望每天能睡足十个小时了……每一天，每天，每一天……过会儿要是我对你说些什么莫名其妙的话，你不要当真，那很可能是因为我有幻觉了，不过凡事总会有意外。我弟不讨厌你。他只是觉得奇怪，你愁眉苦脸的样子，是在微笑……说你是个无所事事的、什么都知道一点的那种人。我弟的问题比我严重得多，他自己都不知道……我在房间里能听到他的脚步声，又不能惊到他。其实没什么，就是不放心他。真的，我会好好谢你的。"

他想起了她那头漂亮的人造长发，有很多波浪，跟真的一样。白天里，她在一家外贸服装公司上班，老板是台湾人。她的工作是成集装箱地往日本发服装。晚上她打来电话时，刚好是凌晨三点钟。"我很清醒，"她低声说道，"整个晚上，这种规律是明智的，我打电话，是想告诉你，你像的那个人，真的是个人物……他儿子跟我弟是哥们儿，现在呢，只是个植物人，就这么回事儿……我们都叫他德叔……你们的眼睛、鼻子都很像……要不要听我再唱几句什么？"他说，好。对面没有声音了。过了一会儿，她的声音重新浮了上来，"呃，你在做什么，我打电话的时候？一个人？应该还有个人，但没有？你们身边不是总会有个人么？你怎么可能会无聊？只有我们这样的人才会无聊。你们想要什么就有什么，你们永远都那么年轻，就算肚子下垂到小弟弟上，你们还是会热情得能压倒一头母牛……你能听到么？我这边很静，他又在走来走去了……"说到这里，电话断了。他抱着笔记本电脑，躺在床上，盖好被子，开始玩那种单调乏味的"打兔子"游戏，鼠标的左键控制手电筒的光束，右键控制棒子，光束照到突然从草丛里冒出的兔子头，棒子就打过去，非常简单。

他还是去了她家里。每天都去，中午或下午。他坐在那个单人沙发上，她弟则躺在对面的长沙发里。有时没等她回来，他就走了。有时他会等到午夜，等她下班回来，随便聊一会儿再走。就这样过了一周。他每次去都会买上一堆东西：烟、啤酒、可乐、小吃、熟食，还有水果，往茶几上一丢，冲她弟努嘴，自己先开了罐啤酒，慢慢地喝掉，接着再喝一听可乐。第一天，那大男孩只是象征性地吃了点，都没怎么说话。第二天，这孩子抽了几根烟，喝了点啤酒，没吃东西。第三天，他们喝了二十几罐啤酒，还有十听可乐，结果大男孩竟然吐了。第四天，他讲了自己的奋斗史。男孩则继续说了些山子父子的事。第五天，他带这男孩去了个大浴场泡澡、搓澡还有足疗，半夜出来吃了顿火锅，然后他的咽炎犯了，被辣味一刺激，就咳得要死。第六天，他们在小区公园里晒了一天太阳。第七天，他们哪都没去，就在客厅里呆着，窝在沙发里，有时说话，但多数时间里都是沉默的。最后，他走的时候，她还没回来。男孩在关门之前，忽然想起来似的问道，"你们有过了吧？"他歪了下脑袋，但没说什么就走了。他每天晚上都会把跟她弟聊到的事整理出来，发到她的邮箱里。这些天里他对别的事都没什么兴趣。他的鼻尖儿上，总是油汪汪的，他觉得油是从额头上慢慢滑下来的，经过眼睑，眼睛就会睁不开，最后才聚到鼻尖上。那个男孩有时会忽然盯着他的鼻尖儿看。

"当时我看到山坡上躺着几个人，在草丛里，还抽着烟。山脚下的公路弯弯曲曲的，晒得发软。后来有个人下去了，躺在马路中间,在那儿抽了会儿烟,又回到了山坡上。山顶上的一棵马尾松下,歪倒着一个男孩,就是我。旁边站着个大男孩,手里拿着铁棍。我见过他,他到农场里找我要过两次烟抽。农场里除了两个看门老头、几个工人,都还是空的。是我妈把我送这来的。我不想上学了,初三毕业考试都没去。当时我是想离家出走的,跟一个比我大的姑娘,我犹豫了,最后被送到了农场。他们说我是被阉过了。山子伸出中指,然后忽然弯掉。我妈看着我的时候,总是会热泪盈眶。她说我跟我爸都是她的噩梦。她脑袋里是被装过程序的,我爸的脑袋是个空壳,我们互相都理解不了。我的问题就是我太重了,一米八五,两百斤。他们都以为我是二十几了。我对那些保安说我当过兵,开过坦克。我怎么钻进坦克?就像装进罐头。我讲解了一下坦克驾驶,那种对操纵机械的狂热……射击的快感,就在炮弹出膛后整个坦克一晃悠的那一瞬间,击中目标之前,脑袋里一片空白,然后远处闪光,咣,这舒服才算结束……我说的其实是游戏。"

"你弟说他喜欢这里。我好像跟你说过,我是一点都不喜欢。这儿什么都是一样的。没完没了地重复。就像3.1415926……小数点后面有没完没了的数字,前面却只不过是个3。我喜欢小地方,那种安静的,靠近湖边或是海边的。将来老了,我就找个那样的小地方呆着,慢慢等死。"

写到这里,他觉得有点累了,"我跟他的对话,还是很有意思的,都是些没头没尾的。我们还玩了个游戏,比不说话,也不能做别的事,不能挪动位置,不能上厕所。整个下午,直到天黑前。当然是他输了。这是我最擅长的,从没输过。后来他跟我说,你有这么多的时间,怎么不回老家一趟,看看你儿子呢?我只是看着他,没说话。他问我:'你儿子都喜欢玩什么?'我就告诉他,恐龙。'是化石么?'我说是模型。然后他就不说话了。临走前,我跟他聊到最近听说的一个案子:有位高中男生,在高考前把暗恋多时的英语老师骗到了外面租的房子里,然后给她的饮料里下了药,之后就把她勒死了。他每天都跟她睡在一起,然后认真复习,准备高考。直到高考过了几天之后,他父母来找他,破门而入。然后你弟漫不经心地跟我说:'我最近在网上看到的一个故事,比你这个可要复杂得多了。'他看了看我,把烟抽完,'下次再说吧,我睡了。'他对我,其实开始有点信任了。"

他们坐在小区公园里的长椅上,看着地上阳光里的几只麻雀。"你也不上班,还有钱拿,这是怎么弄的呢?"阳光透过香樟树的树冠,在男孩的脸上留下一些光斑。"我上班的,"他看了男孩一眼,"就最近几天不用去。这就是个顿号,很小的一个停顿。""你人不坏,"男孩说,没什么表情,"就是不知道你看中我姐什么……她并不算好看吧?""算吧,"他微笑着说。男孩出神地想了想,接着说道:"可也值不得你跟我花这么多的工夫啊?你还一点都不烦么,就这么一天又一天地陪着……就跟照顾病人似的。"他沉吟了一下,指着对面的一棵小树说:"就比如说,我让你看着它,其实我在看的是另外一侧的那棵树……但我让你觉得我是在看这棵树,什么意思呢?它是个参照物,明白么?"男孩有点茫然。"好吧,换个说法,简单地说吧,假设我喜欢的是另外一个人,可是我现在什么都不能做,什么都不能做,只能想着,想着,可这样是不行的,我总得做点什么,哪怕只是移动一下位置也是好的啊,这么说复杂么?一点都不复杂。以后你会明白的。当然也有另外一种可能,就是我跟单位里的人说,我要出趟远门,要一周后回来,我买好了火车票,去了火车站,但到了之后我能做的其实就是把票退了,然后原路返回,快要到家的时候,才又想起,我把房子的钥匙给一位朋友了,他领个姑娘临时住了进来,等我回来再还给我,所以我就不能回去了,那我就只能在外面呆着,还不能让同事或者熟人看到我,因为我告诉他们我出门了,对吧?晚上我就住到浴场里,或是随便哪个小旅馆里。我不能随便逛街,就只好来跟你聊天了。再有一种可能,就是我跟单位里请了假,说我要回老家,打一场很麻烦的官司,要十天才能回来……然后我又改变了主意,不想立即回家了,因为我觉得这是件很烦的事,我为什么要回去呢?我知道我其实什么都做不了,做了也做不成。就这样我就又出现在了你面前。我们其实是有点像的,你说是吧?"对面的树林里走出来一个穿出租车司机制服的中年男人,看了他们一眼,然后背过身去,在那撒尿。在正午的阳光气息里,这声音响得有些特别,没那么让人厌恶。"他平时不给你打电话、发短信什么的?"男孩问道。"我是说你儿子。"他出神地想了想,点了下头,"会发短信,偶尔,发一个字,爸。然后不管你回他多少句话,回来的都只是一个字,嗯。"男孩笑了一下,"他几岁?""十二。他不怎么爱说话。""我也不爱。"

"我醒过来,就不停地走。天黑了,我还在走。我去了我爸那里,晚上十点多了,我把门敲得很响,我听小孩的哭声。他在里面嚷了起来,开门见是我,就抓着我头发,往楼梯口那拖,我太重了,他拖不动,就拼命地骂。我感觉自己就像个充气人,被他推搡着,在那晃啊晃的,都感觉不出他在打我。他老婆在里面叫,我在笑,他觉得我跟我妈的脑子都坏了……他的睡衣、手上都是血,我的鼻子破了。他松开我,还在发抖,他大叫'去死吧你!'我就笑。他真的就像个小丑。他猛地关上防盗门。我靠墙待了一会儿。楼道里的灯灭了。我的脸肿了,脑袋里好像装满了水,温吞吞地晃荡。后来我走不动了。半夜里到那个医院时,整个人都散了架似的。那天我没想跟山子碰头。我说我们碰不上了。医院里空荡荡的，我感觉腿肚子在哆嗦，胃里反着酸味儿……比农场值班室里的酒味、烟味和咸蒜味还要难闻……天蒙蒙亮时，雾很大，听着鸟叫声都好像是湿的。我闻到了浓浓的蒿子味儿。雾散时，几只喜鹊飞了过去，落到南山坡上那些低矮的马尾松的树冠里。从农场后门出去，穿过山谷，经过山脚下那一大片深草时，我闻到了那条河的土腥味儿，裤腿都湿透了。背后有狗叫声。在半山坡上，有只蚂蚱爬在我的裤腿上，草有齐腰深。"

男孩后来跟他讲，那个小故事其实是这样的：有个女的，在二十几岁时，收留了一个流浪男孩，大概十来岁的吧，她对外人说是她姑家的孩子。她一直把他养到十八岁，长得又瘦又高，还很内向，然后她告诉他，她收养他，其实就一个目的，就是让他帮她一个忙。她不想活在这个世界上，他要帮助她去死，也就是杀了她。因为她做不到自杀。他知道她的意图之后，就拒绝了。然后这孩子就逃了。后来又回来过，接着又跑了。最后人们发现他在一个很大的玩具店里自杀了……他在夜里潜进去，在自己的身边摆满了各种各样的玩具，都是动物造型的，尤其是恐龙……后来那个女的被家里人找到了，送进了当地第五人民医院里。"你刚才是说，他也喜欢恐龙么？"他注视着男孩的眼睛。男孩避开了,"这不奇怪吧。"

后来,他在电话里把这个故事讲给她听,她明显有些心不在焉。她甚至都没听出他的声音已变得很冷淡了。晚上,她去上班之前,他们约在一家快餐店里吃晚饭。他好像没什么说话的愿望。她表情古怪地打量着他,"他从来不跟我说这些……"他认为他发现的远比写给她的要多很多,那些只是故事,而真正耐人寻味的,是故事背后的某些东西。她看着他。他若无其事地抽着烟,最后说,他会找个时间完整地告诉她的。"我撑不下去了,"她说,"完全不能睡……他要是在家里,我会疯的。"

"那个人摇晃着从远处的山坡上走了过来,草丛里还有露水。那人来到了我面前坐下来,看上去比我大些,黑瘦,结实,小眼睛,穿了身肥大的旧迷彩服。他也不看我,就在那儿用手里的铁棍拨弄着茅草。他问我平时都喜欢玩点什么?我说了,他也没再接着问下去。他就是说他家离这儿不远,有个半小时,就走到了……他说他平时喜欢的事,就是遛猪,他咧嘴露出了整齐的白牙,各种各样的猪,它们都很聪明,包括最肥的……能帮我找到别人家的鸭子、鸡、鹅在草丛里下的蛋。他看着下面山坡上躺着的那几个人。他们在那干吗呢?他说他们是打兔子的。你没见过么?这种事儿,白天是最难的……晚上么，就简单多了，只要拿着手电筒，找到它们，用手电筒对着眼睛一照，它们也就傻了，随你过去怎么抓住它们的耳朵，就可以拎走了。白天就不一样了。那人用铁棍从草丛里拨弄出一块石头，几下就敲碎了。"

"德叔只读过小学。他信佛，不杀生。蚊子咬他，他就看着，让它叮着吸血，一动不动，直到它吸饱了飞走。山子的妈死了以后，他就开始吃素。他家里供了座小佛像，每天他都会烧香、贡果。每周六他要去北山的碧岩寺。前年寺庙翻盖，他捐了很多钱。住持以前是他手下，犯事儿在外面躲了好多年，回来时就是出家人了。每次拜完佛烧完香，他都是晚上吃完素斋再回来。想到德叔，我就很看不上自己，看不上山子，看不上很多人。我觉得我要绕出很大一个弯子，才能到他身边。大家怎么说他，我无所谓。山子不懂这些，他只喜欢琢磨自己到底该怎么死。德叔喜欢我。山子很瘦，德叔那副身架，他一点都没继承，六岁就得了哮喘……据说用过一种偏方，把野兔烧成灰，然后兑水喝下去……也没去病根。山子觉得自己现在满肚子都还是兔子毛呢。他爱养老鼠、蜥蜴、猫头鹰和蛇这类东西，喜欢找那种人高马大的女孩，大口喝加满冰块的啤酒……还喜欢把别人稀罕的东西弄坏。没人敢惹他。他经常住在东街路口的那个宾馆里。跟他一起玩的两个姑娘里面，那个叫何青的，在一酒吧里驻唱……她没事儿就盯着我，说她专给我这样的小孩启蒙，见面就说，'让我收了你吧？'我只能避开她的眼睛，看着别的地方。她们就笑。还是德叔说得对，'妈的女人就是一种鸟，千万不要为了她的叫声去琢磨她在琢磨什么……'后来我问过她，山子跟许娟整天待在一起都干些什么呢？她歪着脑袋，眯缝着眼睛看了一会儿我，睡觉。"

"那个人摆弄着手里的铁棍，黑乎乎的很光滑。他说他上初二时就逃学，有回他爸一脚就他踹趴下了，拿起书包和铁棍，扔在他面前，说你自己选吧。他就选了铁棍。他爸把他拉到外面，把一头小猪赶到面前，说你把它打死吧。你要敢，我就让你出来做事。不敢，就滚回学校去。他没动手，但也没再回去上学。他有空就去他爸的洗煤场，跟车押运。他喜欢这活儿。每押一车煤，他爸都会给点钱。他用攒下的钱，买了好几头猪，养在家里。煤泥河那边儿没人不认识他爸，还有他那辆破旧的桑塔纳……他认识德叔。有个晚上，他跑来找我抽烟，还让我给他讲了德叔的事儿。他说明天要带我去他家里，看看那些猪。我说我一早就要走，去碧岩寺，有车接我。他就眯起眼睛看着我，然后漫不经心地问我，是不是德叔的车？我有点得意地点了点头。他笑了笑，你还真行……你很崇拜德叔是吧？我说不。"

"河面闪着光。一群麻雀飞向了山后。有个人从山坡上的草丛里站起来，朝这里张望。那人好像忽然醒了似的，朝山下望着。有个人下到了公路上，躺在路的中央。'我爸死了。'那人像在自言自语，'我爸十三岁就能杀猪了，十六岁就捅了人……不明白了？'那人等了一会儿，'我爸那天，是一个对五个，他打倒了两个……最后靠在墙上，挨了好几十刀，都没倒。死了也没倒。他是站着死的。'过了一会儿，他站起身来，'你还不走么？'我没吭声。我看到一只喜鹊从上面飞过。那人歪了歪头，'该怎么谢你呢？'说着就挥起铁棍打过来，我伸手挡了一下，结果就打到了我的头上。就听见那人说，睡一觉吧。在倒下前，我看到山下的公路上，停着那辆黑色的轿车，门都敞开着。车子前面趴着一个人，旁边站着个人，正在用脚踢他的头。有个人正在往前奔跑，三个人追了上去，围住他，用铁棍没头没脑地打，没多一会儿他就倒下了。醒来时才发现，手机里有三个未接来电和很多条短信，都是山子的。"

他们在灯光幽暗的浴场休息大厅里，躺在长沙发上，旁边有小电视屏幕，发着诡异的光亮，把人的脸晃得白里透青，跟鬼似的。前面大屏幕上放的是某部过时的港片，演员好像都很面熟，但又没多大名气，演的是一个得了自闭症的少年在城市里游荡二十四小时的故事，不出意外地，他遇到了一些奇怪的人，有意思的事……一个漂亮的女人开着辆敞篷吉普车，他坐在椅背上，头侧歪着，吹着风，眯着眼睛，吹口哨……后来他们爬到小山顶上，看夜色里的城市……下面的公路上塞满了车，都亮着红色的尾灯……她问他，是不是有点像着火的蝴蝶？他摇了摇头，像蛾子……他脑海里浮现的，是一场大火过后的场景，到处都有很多暗红的余烬，在静静地闪动着……天亮前，那个少年终于还是决定离开她了。他从自己房间的阳台上跳了出去，然后穿过那幢小楼后面的草坪，然后出了栅栏上的小门，走出几十米远，他停了下来，看到有辆车停在了她家门前，下来几个黑衣的陌生人，四处张望了一下，进了院子。

等他们睡了一觉，先后醒来时，发现大厅里已是一片昏暗，四处鼾声。他有一句没一句地说着什么。男孩睁了下眼睛，又闭上了。"你知道弗洛伊德么？"他忽然问道，"哦，不对，是另一个人名，我想不起来，跟这个有点像的……是个古希腊的国王，一个把自己弄成瞎子的家伙……先不说他了。人的脑袋真是不可思议的东西。但想多了也没什么意思……"男孩确实不知道他到底想表达什么。后来，在开车回去的路上，他说："你不用担心什么，有什么可担心的呢？反正都过去了。"男孩出了会儿神，忽然问道："我跟我姐，像么？"不像。"为什么？"第三天，或者是第四天吧，也可能是第一天,或者就是第一次见到你们的那天晚上,我就觉得不像。还有就是,我觉得你已经想过要离开她了……我比较奇怪的是,你一直犹豫不决,为什么呢?"我不知道我能去哪。我什么都不会。"我以为你离开了那里,德叔也没了,山子也没了,也算是一种解脱吧……但你好像在恨自己。

  他被手机声吵醒了,已是凌晨四点钟。是她的声音,"我白天里有好几次都出现了幻觉。你发来的那些东西,我都没时间仔细看,没有时间,我知道看不看也没什么……我就是扫了几眼。我不了解他,就像不了解你一样……你昨天都对他说了些什么,能不能告诉我?他回来后整个人都是冷冰冰的,看我像在看敌人。今天一早他就出去了,再没回来,手机也关了。他没联系过你?是,我知道你没恶意,我也没有恶意,谁都没有恶意……全世界的人都没有恶意!是啊,我希望他走,你跟他聊过,他就走了,你们这种人总归是有办法的……你都说了些什么呢?走之前他说我比他想象的还要坏得多……我没生气,什么气都没有,我没那么脆弱,你说他会不会……我不知道你跟他说过什么,你好像真的把这事当成游戏了,随便就把他给绕进去了,我没说你给他下套,你是好意我知道,你只是想帮我个忙,你帮到了,这不是你的问题……要不,你来我这里吧,就现在……我今天没去上班,明天我也不去了……我哪里都不想去,就想躺着。"

除了一个背包,那男孩什么都没带走。进来时,他们拥抱了一下。她的身体有些僵硬,神情也不自然,头发乱糟糟的,眼神深处隐约有种奇怪的光泽。坐在那个长沙发上,她看了看他,然后注意到了他那黑裤子上的猫毛。"我把发给你的那些文字,也给他看了,"他点了支烟,四周看了看,没找到烟缸。她回房间里拿了个正方形的玻璃烟缸,放在他面前的茶几上。"他觉得我写的,跟他自己说的不大一样。我说这是我根据听到联想到的写的,跟现场是不一样的,包括你自己讲给我听的,其实也跟现场不一样……我会去想那些你没讲出来的不愿意讲出来的,比如你跟那个拿铁棍子的男孩还聊过什么?你会不会忽然出于某种莫名其妙的冲动,跟他说过些什么?再比如,我听你讲了很多德叔的事,但我觉得他更像你想象出来的一个人,你把他理想化了,可是这又让你很焦虑……你想摆脱他们,摆脱那里的所有人?还有你那么不喜欢何青,可还是跟她跑了出来,然后你又很讨厌自己这样?我说其实你在哪里都一样的。不过说实话,你还是应该找时间回去看看他,我是说山子。"她始终都是面无表情地待在那里,看不出是不是在听。她想知道这男孩最后说了什么。"他没什么不正常的反应,也没有激动的意思,"

他说,"沉默了很长时间之后,他站了起来,四下看了看房间,对我说,'我觉得,你儿子,我有点喜欢他了……'"

"是,我就是那个何青。"她低下头,"你早知道了。"他侧歪着身子,有点累了。后来干脆就躺了下去,把头枕在臂弯上。"我有点睁不开眼睛了,"他说,"不是困,就是睁不开眼睛了,很多事情是没法说得清的……比如说,我出来的时候,随手就把那只猫关到了洗手间里,连灯都没开,其实原因只是它在我要出门的时候抱住了我的腿。朋友们都劝我找时间还是把它阉了吧,可我于心不忍,这是个悖论,让它留着,却没用,跟阉了又有什么区别呢?我觉得还是有区别的,至少还有可能,要是真的没了,就什么都没有了,完全的无可无不可,没有比这个更糟糕的了……还有,做你们这行的,其实跟演员一样,随时随地都在表演,但我真的不介意,仍然会觉得你是干干净净的,而不是一堆肉。你看,我这个人最奇怪的地方,就是没什么是我不能理解的,这也是我最无聊的特点……在跟你弟聊天时,我就说我能理解你的心思,比你自己还要能理解,你信不信无所谓,就像我能理解我儿子不想接我的电话而我也不愿意接我妈妈的电话一样……他从六岁开始就是个沉默寡言的孩子,那年我离家来了这里。我说我没想怎么着你,对何青我也没什么欲望……总的来说就是不需要有什么具体的欲望,不需要了。"

不知道什么时候，她躺在了他的怀里。后来她睡了。她想到了什么，感觉到了什么，他也不知道。其实谁都免不了要干些没脑子的事的，他嘀咕了一句，说话时也没有睁开眼睛。外面的阳光正在变淡，有只鸽子落到了窗台上。后来他醒了，她也醒了。他们再一次小心地拥抱，但还是有些拘束，没过多久他们又都睡着了。后来，也不知过了多久，她又醒来。他好像还在睡着。她注视着他的脸，都离得这么近了，仍旧是那种轮廓不清的变化中的感觉。她的手隔着衣服抚摸着他的身体。他闭着眼睛，一动不动地感受着她的手的移动……有好几次，他想让她停下来……因为这让他有点紧张，不自在，仅此而已，没有别的……后来她一件件地把他的衣服都脱了下去，自己也脱了，又抚摸了他很久，然后贴紧了他的身体，凉丝丝的，可是他睡着了。她轻轻叹了口气，就不再动了，好像忽然理解了这个自己完全不了解的男人的所有无望到底是从哪里来的了……她觉得自己能做的也就是伏在他的怀里，一只手握着他的左手，另一只手放在他的脸上。就这样，一直呆到了天黑。她睡着了。他醒了。他能听到空调发出的热风和那种呼呼的响声，也感觉到她的光滑的身体多少还有些拘谨地贴着他的身体……他感觉到自己的身体仍旧是柔软的，没有哪里不是柔软的……她的脸压他的胸膛上，让他呼吸有点费力。他睁着眼睛呆着，偶尔看一眼手机屏幕，什么都没有，直到天蒙蒙亮的时候……他迷迷糊糊地问她，有没有听到什么声音？她摇了摇头，没有。

2013年4月21日—5月7日

邻居

一九八九年的春天,我搬到旧街,在那幢日式老楼里住下。住的是一楼一个单间,与另一户人家共用一个厨房厕所。我搬过来没几天,对门的人家就搬走了,留下了空房,很长时间都没人住。我呢,也乐得清静,虽说仍旧是住在自己的单间里,可感觉上却是独占了整套房子似的,很惬意。对于我,单身生活要是没个清静,那还不如找个人结婚算了。

我是个懒人。平日里最大的爱好就是读些武侠、聊斋之类的闲书,外带些言情杂志。为了保持懒散的状态,为了有充足的时间看闲书,我在单位里找了份看机房的活儿。每天下午四点上班,带本书,去机房听机器转动声直到午夜十二点,然后下班回来。除了与我交接班的人,基本上见不到什么同事,这也是我喜欢的状态。下班回来,我会先冲个淋浴,然后弄点面条之类的东西填饱肚子,再泡杯茶,躺在床上,开始看我的书。这样持续到凌晨四点左右,才关灯睡觉。有时也会忘了关灯。也有时是不想关灯，就那么睡了，甚至还会开着电视。

隔壁是一对中年夫妇，男的是个粗鲁的家伙，经常在晚上大喊大叫，当然与之相伴的，还有他老婆的叫声。我比较习惯他们这种生活方式。他们的对门，也就是我对门的隔壁，住着一位二十八九岁的单身女人，也可能只不过二十五六岁。她是那种文静的女人，有种超然的气息，但也谈不上高雅，只能说有点与众不同的奇怪。太正常或太不正常的人总归都有些奇怪吧。我是一向不介意跟奇怪的人为邻的。

那天我下班比往常晚了半个多小时，在单位里洗的澡。刚进门没多久，就有人敲门。我还没来得及脱掉外衣，就去开了门。是她。就叫她文静好了。她有些局促不安，没进来，只是探了探头，往我对门看了看。她想知道我住哪个房间。知道我不是她的隔壁之后，她的表情有些诧异。我想知道发生了什么事。她犹豫了一下，但还是说了：我以为你住在隔壁呢，这几天在这个时候，总有人敲墙，然后还会小声唱歌……我笑了，问她不会是想吓唬我吧？她有点生气地看了看我，你觉得，我半夜来敲你门，就是想开个玩笑？我只好严肃起来。我把走廊灯开了，让她进来，开着门。我让她可以去敲敲那扇门,看看是不是有人住在里面。她迟疑了。我说你不敢敲?那我来吧。我去敲了敲那扇门。当然,没人。

她满脸狐疑地走了,不情愿地说了声,对不起,打扰你休息了。我说没有,我没睡呢,可能是你的错觉吧?她没理我,砰地关上了自家的房门。我也关了门。站在走廊里,我忽然有些不自在了。我悄悄走到那扇门的旁边,附耳上去,仔细听了听。没有任何声音。我甚至听到了楼上人家的电视节目声。那家住的是个耳背的老头子,还有个哑巴儿子。我想,肯定是她听错了声音方向,自己吓着了自己。这种文静的女人总是喜欢自己吓自己,多少都有些神经质。

第二天几乎相同的时间,她又一次敲开了我的门。我有点烦了。我没好气地看着她。她有些尴尬地站在那里,不知道说什么好,最后,还是忍不住告诉我,她确实听到了同样的声音,跟以前一样,没有变化。为了表明自己不是幻觉,她让我过去实地听一听。我想了想,拿了钥匙,关上自家的门,就跟着她过去了。

女人的房间很干净,有着淡淡的香味。不知道是香水,还是别的什么化妆品的味道。不过我看她是不怎么化妆的。她的卧室布置得非常简单,显得空空荡荡。令我惊讶的是,她的地板上、书桌上,还有床头,都堆了很多书,却没有书架。那些书的种类也非常古怪。地板上的多是历史、地理、算命方面的,桌子上则一半是星座、风水方面的,另一半是古今中外灵异传说研究的,有些还是英文原版的。其中一套六卷本精装本英国人丹尼尔·哈里森写的《中国古代灵异事件研究》,设计得极为精美,让我忍不住去翻了翻其中的一本。当然了,我的英语几乎是文盲水平,除了可以看懂出版社、印刷时间和作者、编辑的名字以外,其他的几乎都看不懂了。她对我的悠闲有些生气,先是咳了一声,然后指了指挨着她的床的墙壁。我坐了上去,她的床很软,铺的是白床单,散发着淡淡的清香。

我仔细听着,没听到任何声音。我回头看了她一眼,什么都没听到。她不信,就也过来听,确实没有声音。她有些泄气,想了想,说可能是时间过了。我说好吧,那我明天再过来听?她也只能同意了。

临走时,我又看了一看她的那些书,告诉她,书很不错嘛,有一些很少见。不过,我提醒她,这种书看多了没好处的。她看着我,你的意思,是我看书看多了,所以才会有幻觉?我连忙表示我没有这个意思,我只是建议而已。她说,那谢谢你了?我说不用客气,我们是邻居嘛。看得出,她并不欣赏我的幽默。我相信她根本没有那根幽默的神经。

第二天午夜，我下班后准时到了她的家里，还带着夜市买的几斤橘子。不是买给她的，是留着自己吃的。来到她的明亮灯光下，我忽然发现她好像化了妆，有了些艳丽的感觉。她在抽烟，这有些出乎我的意料，昨天在她家里我没发现任何与烟有关的迹象。她示意我不要说话。我们把耳朵贴墙上，安静地听着。这一次，我知道她是对的。那种声音，不可能是从楼上，或者其他人家里发出的，而只能是从她隔壁，也就是我对门发出的。先是缓慢而有节奏的敲击声，有点类似于敲木鱼，但比那声音要沉闷一些，节奏上是非常近似的。然后就是歌声，或者说是低声吟唱，类似于诵经的声音，但又略微清晰一些，像似念叨着什么，夹杂着轻轻的呻吟，那些词句是隐隐约约的，听不清内容。我有点紧张了，随后就意识到我出了身冷汗，手心里都是汗。再回头看她，我感到异常的亲切。恐惧会让原本还有点陌生的人忽然间变得亲近起来，这话一点都没错。

她去倒了杯热水，放在床头的茶几上。我有些神经兮兮地站了起来，然后在这间屋子里慢慢地走了几步。"现在相信了？"她坐在沙发上，平静地问道。我说，确实，确实我从来没有听到过。我为自己竟是个胆小的家伙而有些尴尬。"害怕了？"她问道。我承认了，有点。"那怎么办呢？"她继续问着。我觉得只有明天找房东去要来钥匙，进去看看到底是怎么回事了。她也觉得这样比较好。但她担心这样也不会有什么结果。因为,她迟疑了一会儿,"我担心的不是有什么东西、什么人,而是……"你是说,闹鬼?她没有回答,似乎是不想说出这个事实。"你相信有么?"她换了个角度反问道。可能会有,也可能是幻觉。这是我一向的观点。但这观点没什么实际意义,因为我没有任何这方面的经验。她笑了笑,"那现在不是有了么?"

我说你困么?她摇摇头,有些无可奈何地说:"怎么可能会困呢?白天我一直在犯困,中午还眯了一觉,现在一点都不困。"我也不困。我把橘子拿了出来,递给她一个大的。我剥开了一个小的,几口就吃光了,是那种无籽的橘子,很甜。她没有剥橘子,而是慢慢揉着它,过了一会儿,才在顶端用指甲尖划了个圆洞,已经分离开的橘子瓣就一瓣瓣地被捏了出来,她就一瓣一瓣地吃,吃得很慢,很仔细。看得出,她是个有耐心的人。

很自然地,我们就随便聊了起来。她是大学毕业后从省城分配到这个城市的,在图书馆里做管理员,但她学的是历史专业,业余爱好是研究易经。这真是令我肃然起敬的履历。我忍不住告诉她,我也曾经很喜欢易经,尤其是喜欢里面的那些诗一般的句子,我觉得含意深远。她摇摇头微笑了一下,"那些句子,实际上一点儿都不重要。"我有些不喜欢她的这种直接。"为什么呢?"她自问自答地继续说道:"真正重要的,是背后的数。知道么?是数。看不到的数。而不是字。懂了这个数,才可以预知未来,推断过去,轻易地知道各种事端变化……就像邵康节那样,可以重新给易经写上新内容。"我觉得这回真遇到行家了。

"你知道么,"她又说道,"孔夫子曾经提醒过后人,易经这东西,只能玩玩,弄通一半就好了,都通了,就麻烦了。察见渊鱼者不祥。太明白了不是好事呢。"不知不觉地,那袋橘子都吃完了。我发现时间过得非常快,透过窗帘的空隙,隐约看到了黎明的天光。没觉得聊多久啊,可是现在已是早晨五点半了。听她讲了这么半个晚上的易经,我逐渐恢复了正常。我松了口气,向她告辞,回到自家床上,安心地睡了。

后来我们成了朋友。这是意料中的事。我们都喜欢读书嘛。当然,我的层次没有她那么高,这也是事实。不过我并不在意这个。我是个合格的听众,而她,则是个不错的讲师。至于隔壁的奇异声音,持续了一周以后,突然就消失了,再也没有出现过。对于这个结果,她也有些不解。她算过一卦,平时她一般是不算这个的,但为了这件事,她还是算了一次。结果是发现在隔壁有一个灵魂，因为不得投生而自己修行。这两周的时间，对于那个修行的灵魂来说，相当于两百年。这种解释在我听来实在有些不可思议，因为我没有在任何关于易经的书里看到过这种算卦解卦的方式。我也只是将信将疑，姑妄听之了。不管怎么说，这种声音消失了，我可以放心睡觉了，也可以更放心地跟她聊天，不必担心被吓到。

我一直很想知道的是，她的那套英文版的关于中国古代灵异事件的书里写了些什么。然而她实际上还没看过它们。这书是她在英国的一位同学寄来的，说是从伦敦的一座古老教堂里得到的它们，据说是一位年轻修士的遗物。她拿出其中的一本，翻到最后一页上，让我看那里的一个花体英文签名。我顺手抽出另一本，在最后页面上，也有同样的签名。我翻开中间的一页，是幅木刻插图，上面画的是一株杨树，落叶飘零的样子，树下卧着一只猫。我翻到后面一页，拿给她，问她能否给我译一下，或者大致说说是什么内容。

她接过书去，仔细看了看，就开始转述其中的内容："宋朝的时候，有一和尚养了一只猫，放在寺里，也不怎么管它。那猫每天就在经堂边上卧着，听和尚们诵经。后来那和尚得了一种皮肤病，会传染，同寺的和尚们都离他而去，就剩下这只猫还在那里陪着他。和尚的病日渐严重起来，用了很多药方都没有效果。一天，这猫不知从哪里叼来一部古书残卷，和尚接了一看，是部偏方集，最后一页上，写的是个方子，描述的症状，正是他的皮肤之病。和尚很惊讶，再细看方子内容，很是简单，说是需要燃烧猫皮成灰，以之洗浴患处，一次即可痊愈。和尚看完，长叹一声。猫也不动，只是看着和尚。和尚说你去吧。我的病自是我的病。你的方也自是你的方。不相干的。猫也还是不动。和尚说，你为何不走呢？猫忽然说话了，自然是人语：'不解金刚何意。'因为和尚平时念诵最多的，即是金刚经了。和尚恍然即悟得了佛法道理的真意，离寺而去。只留下猫在寺中。"

什么是不解金刚何意呢？我把这个问题抛给了她。她不声不响地看了看天花板，"这也是我的问题吧……"对于佛学，我完全是外行。只好惭愧地告诉她，我是一点都没弄懂这话的意思。她倒也不介意。她觉得这段故事似乎是从哪本禅宗书里挖来的，有点公案的意思，而不是灵异故事。我很想知道究竟什么样的故事才算得上灵异。她说很简单，如果能知道前些天隔壁的事情真相，就可以算了。我说你不是算出来了么？

她笑道："那只是我算的而已，跟事实肯定是对不上的。"

那你怕不怕呢？我问她。她说当然怕了，我又不是神仙，也不过是个凡间的人么，只要是凡人，есть没有不怕这种东西的。我笑道，我也怕。

"不过没关系，"我有些忘乎所以地说道，"要是他再来，我们就一起对付他。"她冷笑了一下，没再说什么。

次日我休息，睡到中午才起来。有人敲门。开门一看，是隔壁的老兄。他表情怪异地看着我，过了一会儿才说："你晚上是不是敲墙了？"我一头雾水。怎么可能呢？"你几点钟听到的？"他说的时间，跟前些天我们听到的，几乎是同一时间，但是，昨晚的这个时间，我正在她那里聊天呢。我说我可以找个证人证明我没在房间里。

他愣了一下，"谁能证明呢？"我笑了笑，就过去敲她的门。老兄更是露出了惊讶的表情。他大声道："喂，你睡糊涂了吧？"我边敲门，边答道："我很清醒的，老兄。"他推了我一下，"那家一直就没人住，你不会不知道吧？"

怎么可能呢？！我继续敲门。显然，她不在家。我就一脸不屑地回头对他说："等晚上她回来再说吧，她现在不在家。"他满脸不解而又恼火地咕哝一句什么话，转身回去砰地关上了门。晚上，我去敲她的门。她还是没回来。

过了两天，也是中午，我被嘈杂的声音吵醒了。开门出去一看，原来是有人在搬家。令我吃惊的是，她家的门敞开着，一些人正在收拾房间。我过去，找个人就问："她搬走了？"那人不解地看着我，"谁搬走了？是刚搬来的。"

"那原来的那个女的呢？"我下意识地问道。

他摇摇头，"不知道你在说什么。"我跟着他进到室内，里面的场景更令我目瞪口呆：地板上靠墙堆放的，并不是什么书，而是一些石块，上面放着几张旧的报纸，而桌子上放的，则是几块形状不规则的木板，其中的两块上面贴着一些英文报纸的残片；床上连被子都没有，更不用说白色床单了。

这时候，有个老女人在跟新搬来的主人聊天，说是这房子半年多没出租了，基本上没怎么动，比较好收拾的。然后她回过头来问我，你好像是住在隔壁的吧？我说不是，隔壁也是两家，我是隔壁的对门。她想了想，"现在还是空着的吧？以前隔壁住了个姑娘呢，得了一种奇怪的皮肤病，早早就死掉了，怪可惜的，挺文静的一个人……弄得这房子也浪费了，没人敢租。"

房子的新主人听得发愣，一阵心虚，"这么复杂啊？"

没错，我惶惶然地暗自想道，也就是这么复杂了，感觉到自己的后背又开始发凉了。

2009 年 6 月 6 日

尼泊尔

我们站在音乐厅右侧过道里的角门旁边，等第一支曲子结束。对面有对母女，小女孩五六岁的样子，她们的侧面都很好看，就好像永远都会那样。那两个戴工作牌的青年，背靠着墙，面无表情地看着她们。穿黑色制服套裙的女领位员目不斜视地紧靠门边站着。里面的钢琴声含糊不清。这些人就这么等着。

她从停车场里出来时，我还在路上。她去买烟的途中，我们打了几个电话，信号很差，都没能说清楚在哪碰头。等她短信说在音乐厅正门时，演出已经开始了。沿着弧形的过道，我们朝右侧双号门走。我们多久没见了？站在那里，我就琢磨这个了。

有三个朋友，忽然决定不来了，太远了，他们觉得。是啊，我也觉得有点远。你要来喝酒么？我说晚些吧。无所谓了。我们进场。前面的几排座位都空着。舞台上，三面银灰色的音效墙，墙面上均匀地分布着一些方形凸面。大师弹琴的神态，像个老顽童，嘴里在不停地念叨着什么，弹到得意处，那个有些秃顶的脑袋不住地摆动，灯光照亮了那些纤细卷曲的花白头发。

我睡着了三次。最后一次的时候，她碰了碰我，你打鼾了。等最后一支曲子响起，我终于想起来，上次我们碰面，是在一个月前，两个法国女人演杜拉斯的话剧《萨瓦纳》的那个周末晚上。那个城西一老厂区里的小剧场，里面的坐椅有点奇怪，人一站起身，靠背就会忽然倒下，发出沉闷的响动。那出戏是跟回忆有关的。可是这又有什么可说的呢？说得复杂，说得简单，其实都没什么意思。《梭罗》。这是最后的曲子。出乎我意料的是，随着舞台侧面的红色字幕浮现在我脑海里的，却是尼泊尔这三个字。随之而来的，是那天看完话剧，她要离开时的场景。

"明天飞尼泊尔。"她说。

"去潜水么？"

她晃着头，点了支烟，"去睡觉。"

"自己？"

"对，一个人。"

"去多久呢？"

"十天吧,也可能半个月。"

那天晚上降温,有风,站在外面感觉冷飕飕的。我们的身体几乎挨到了一起,我叼着烟,眯着眼睛,打量了她一会儿。我说你穿得太少了。她看了我一眼,没有啊,够多的了。又沉默了几分钟,她走了。

大师在弹最后一支曲子的最后一段时,忽然吹起了口哨。吹得不是很响,像在我耳边吹似的。以至于我会认为,好像从看到他的嘴唇在动的时候,我就在等他的这段口哨了。他那样出人意料而又轻松自在地吹响口哨,让我有种奇怪的惬意,从脚趾尖一直升上头顶,再弥漫周身。未系安全带的提示音在反复鸣响。你最近还那么忙?她问我。我系好安全带,摇了摇头,是啊。她笑了笑,就好像又听到了熟悉的老生常谈似的。

车在快要到我住处时停下了。旁边有家烧烤店,还在营业。她饿了,想吃点烧烤。那家店里只有四张桌子。三个十八九岁的男孩坐在里面,喝着啤酒。门边左上方悬着一台小彩电,画面很像那种劣质的印刷品,声音还算清楚。厨房上方的夹层入口里伸下来个梯子,斜搭在地上。我们点了好几样烤物,但都不好吃。店主是一对腼腆的夫妻。男的瘦得满脸褶皱，五十岁左右，看着这张脸，会让你不好意思说东西不好吃，只好把那些油乎乎软塌塌的东西都吃了，除了辣，什么味道都没有。尤其是羊肉串，菜单上标着"变态辣"，以至于我灌了两听冰可乐都没能灭了舌头上那种深刻的灼痛感。她也觉得确实很辣。

那三个大男孩吃完了就在那里发呆。其中一个伸着舌头，说脚都有点麻了。我知道他说的是真心话。我扭头看了会儿电视。里面正在播放晚间新闻。她低着头默默地吃着，嘴唇上沾了些油乎乎的辣椒末，过会儿又被舔没了。我一时想不起该说点什么，就看着厨房里正在忙碌的那个女人。等回过神来，我又想象着自己的样子：脸庞有些浮肿，粗糙的皮肤上泛着黯淡的油光，眼圈发黑，眼神有些习惯性的迷离。她呢，还是那么的瘦，那身很紧身的冬装看上去仍显不够贴身。按理说，那几个男孩应该是会注意到我们的，但是没有。看了他们半天，都没碰到他们的眼光。

她左手握着方向盘，注视着前方。车里播放的钢琴曲比之前我们听到的要舒服多了，我的意思是不需要琢磨什么就可以那么随意地听着，每一段都似曾相识。我侧歪着身子，偶尔看一眼她的侧面，她的手，右手搁在右膝上，手的皮肤有些干燥，细纹很明显。有那么一会儿，我觉得在我们之间仿佛有层玻璃，或者说，我们就像在各自的玻璃球体里，只是刚好挨着而已。空调风很温暖，吹得我的双腿热乎乎的。我喜欢这种感觉。

在最后一个转弯处，等红灯。她忽然想起似的问我脖子上那个红印是怎么来的。我说这是昨天晚上参加一个开幕活动时弄的。好多人都喝多了。有两个姑娘过来敬酒，我站在过道上，刚把手机搁进衣兜里，她们说你打了好久的电话啊！我有点尴尬地笑了笑。她们对我举杯，我把一大杯红酒干了。其中一个姑娘尖叫了一声，表示很痛快，然后对我说我们拥抱吧，我们就拥抱了。周围的人在哄笑，她的身体在下滑，头刚好搁在了我脖子上，我刚一愣神，疼痛就来了……我推开她，她狂笑着坐倒在地上，高脚杯摔碎了。我倒退着来到外面，站在马路边。从进进出出的熟人们的表情上看，就好像什么都没发生一样。我来到马路对面，抽了根烟。没多一会儿，那个姑娘叫喊着被人扶出来，顺着马路朝前走。走出几十米开外时，她又一次尖叫起来。几分钟后，警车来了。据说是她又咬了一个路过的男人。她笑了。

车停在了我家楼下的空位上。她下了车。我解安全带时，她让我把她的黑色皮包递给她。我拿反了，把包里的东西都倒了出来，散落到前后的座位空隙里。四个车门都打开了，我们围着前后座位把掉落的东西一一找了出来。最后终于在她的座位靠背跟坐垫的结合处发现了那个她最喜欢的眉笔,黑色的,短小如中指,光滑干净。我们穿过走廊进入电梯,她漫不经心地笑道,你们还真是挺 High 的。我说你不觉得她有点不正常么?小姑娘嘛,她说,喝多了就容易这样,比这过格儿的事儿我见多了。电梯里四面都是镜子。我们都是侧身站着,双手插在裤兜里。她说你不觉得这样的姑娘挺刺激的么?我想了想,摇了摇头,没觉得。她不相信。我说真没觉得。还是年轻的好啊,她说,嫩嫩的,怎么折腾都不会觉得不堪入目。

她打量着我的堆满了书和杂物的客厅。她脱了外套,点了支烟,端详着墙上的一幅朋友送的油画。画面是俯瞰的效果,远远的,三个裸身的姑娘,在离海滩不远的山脚下,手里拿着比基尼泳装互相嬉戏……沙滩是明亮的金色的,上面散布了很多奇怪的小而圆的深灰色浅窝,里面好像还有点残留的积水,而她们身后的山则是幽暗的,远处的海,则仿佛蒸汽似的,弥漫在画面的右上方。

她似乎比上次见到时还要瘦些。去年夏天里,我们经常碰面。那时我们好像整天都没什么事儿。她有空就开车出来,载着我四处转悠。我不会开车,但喜欢坐车。我喜欢随时随地坐任何人的车去兜风。公交车、地铁也可以。坐在她的车里，听着音乐，吹着空调冷风，每次好像都能开上个把小时。一路上我们只是偶尔说个两三句。不说话，对于我们来说不是什么问题。有时路过某个公园，我们就停车，进去走走，或是在草坪上坐会儿。有时都午夜了，她也会打电话给我，问我要不要出去兜风？我就下意识地说声好啊。她开车过来，接上我，在高架路上飞奔一个多小时，然后再把我送回来。有好几次，还在半路上我就睡着了。她就没见过像我这么能睡的。

那时她刚离婚不久。她有很多朋友，各种各样的，但那段时间里她都不想见。她不想让自己变成被一群无比关切的人亲密围绕着的黑洞，变成无聊的"感情天文爱好者"们用臆想来观测的对象。她搬了家。换了所有的家具。带着那两只肥硕毛长的猫，她搬进了那个很像储藏室的大房子里，在一个树木繁多的幽静小区里。那个房间的形状，有点像个不规则的菱形，待在房间里，无论坐在哪个位置上，都会觉得有种倾斜的感觉，或者说，你会觉得这个房间正在倾斜变形中。

有段时间，她消失了。据她自己说，是去了巴基斯坦，还有阿富汗。整整一个月。然后她回来了。足不出户，在家里待了两周，什么也不做。有天晚上，她打电话给我，说我回来了，正在开车，四处兜风，要是没什么事儿，你也出来转转？我说好啊。因为我也确实没什么事。尤其是想想坐在车上可以随意地看着城市的不断展开和关闭，可以浮想联翩，我甚至还有种微妙的兴奋感忽然冒上来。

"那你老婆后来是怎么说的呢？"她问道。

"没怎么说，"我答道，"她就是想有个孩子，也没别的。"

"没有不也挺好的么？"

"嗯，可能吧。"

"哦，你也许只是心理问题……好多人可能都不想，别人不知道罢了。那你就随她去了，慢慢地都会习惯的。"

车子驶入外环，时速达到了一百。六辆跑车，从我们背后疾驰而来，发出巨大的轰鸣。我醒了，看了看前方。她笑道，这帮傻逼，还真是夸张。我从她的烟盒里抽了支烟，找到打火机，点燃了。她把车窗降下了一点，自己也点了根。冷风从窗口呼呼涌入车内。她问我冷不冷，我摇了摇头。她的烟太淡了，抽了半天都没什么味道。两侧的很多楼房里的灯都灭了，看上去有种诡异的枯寂，跟废墟似的，或者说像城市的肢体里某个坏死的部分。下一段路时，又看到一些楼房里还亮着少数的灯光，是那种浴间里的取暖灯，透过磨砂玻璃发着金黄的光。夜空是墨蓝的，有些不规则的弧形的重叠层次感。

我觉得她在开车的时候，有点像个发光体。在她的瘦削的身子里，在皮肤的表层，散发着淡淡的温暖气息。她的发质有些干枯，脸上的皮肤也是，可是这不影响什么。她是个多少还有些温暖的人。只不过她是在另一个世界里。汽车在飞奔，载你进入飘浮的状态，但你仍在你的世界里，就跟一颗卫星似的，在自己的轨道上，运行在真空里。

沉默了很久之后，她问起我最近的生活。我就随口说起自己在尼泊尔的旅行。她诧异地看了我一眼，你去尼泊尔了？我说对。我对加德满都没有任何好感，什么都不好吃，到处都是游客，很多装模作样的西式餐馆夹杂着土分分的本地餐厅，游客都像以旅游为职业似的，个个带着看起来自由自在的表情。只有酒店还可以，就是你提到的那家，住在里面都不想出去了，就坐在阳台上，看外面，看山，看人，晒太阳，倒是挺舒服的。那些山，会让你觉得其他的一切纯属多余。要是都剔除了，就好了。

有艳遇吗？她笑着随口问道。好像不管我说到我去过哪里，她总是会这么问一句。有啊，我就说，我遇到了一个日本姑娘，好像是第三天或是第四天吧，在酒店的酒吧里，喝酒时认识的，用很糟糕的英语聊天。她说我们住同一层。后来就去了我的房间，还没关门，她就拥抱我。我说不，我不行。她愣了一下，问我为什么？我说我喜欢男人。她就叹了口气，转身出去了。过了一会儿，她又回来了。带了两瓶洋酒，是那种烈酒，她的意思是，喝酒总可以吧。这个我没法拒绝了。她差点把我喝死。

听到这里，她狂笑了起来，说这是她今年听到的最搞笑的段子。我说后来有天晚上，我在杜巴广场上，又见到了她一次，她喝多了，躺在地上唱日语歌，很难听。我俯下身去看着她的脸，她是个白净的有点胖的姑娘。后来她睁开眼睛，注视着我，想了半天，才认出来是我，就慢慢地说了句日语，又重复了一遍。后来我回来问懂日语的朋友，才知道是什么意思：你是个小虫子啊，你是个小虫子。

"那里是挺不错的。"

"干净，安静，视野开阔。"我说，"外面很多树。"

"那些菩提树？"

"是柏树。"

"那里还有柏树？"

"我的窗外都是。"

"这个我真不知道。"

"有一天早上，我看到有个人在树下打坐。"

"是僧人吧？"

"不是，是个国内的游客。"

"哦,然后呢?"

"然后他就在树下打转,嘴里念念叨叨的。"

"听起来有点像个神经病。"

"那些山看起来一点也不高,都很平缓。"

"嗯,你把我对那里的记忆都搅乱了。"

"我也就是说说而已。"

"哦,那你继续。"

"传说那地方曾是个湖,湖中露出一座高峰……"

"嗯,听说过。"

"后来,临走前的那天下午,我也跑到那棵树下,坐了一会儿。很多苍蝇,嗡嗡地飞着,围着我转。"

"嗯,你也是个神经病。"

"你也是。"

"好吧,我也是。"

那晚之后,我们有一个多月都没联系。一种相安无事的状态。那晚她送我回来,我下了车,她也下了。她说那我们就拥抱一下吧,为了革命的友谊。我就跟她拥抱了一下。她的身体其实是柔软的。我说你太瘦了,还是胖点好。她笑着说那我回头试试看,能不能让自己胖起来,不过似乎不大可能。或许我们该再握握手,我这样想着的时候,她已钻进车里了。车窗降了下来,她侧歪着脑袋,冲我挥了挥手,然后发动了车子。车灯忽然雪亮,照得不远处的那面大墙很耀眼。她坐在那里,在发动机响声的包围里,慢慢变成了一个暗淡的侧影,薄薄的那么一小片。

我预感到我老婆会打来电话。她说没打扰你吧?我说没有,刚送走一个朋友。是女友吗?这时我正把一桶温热的洗脚水放下,然后脱掉裤子,挽起衬裤腿,把脚放入桶里。水刚好没到膝下,温度有点高,烫得我一哆嗦。脚在变红,我看着。我说你认识她的。她想了想,哦了一声。我跟她说,我很好。实话?当然。她跟他此时正在柬埔寨玩儿,呆了一周了,之前去了东北,在长白山呆了好几天,滑雪,吃肉,喝酒,还打猎,玩得很尽兴,也很累。到了柬埔寨都玩不动了。我听着。她说她知道我的所有情况。这让我觉得有些无聊。我就跟她说,我刚去过尼泊尔。我能想象得出她做出那种夸张的惊讶表情,啊,是跟她吗?我说对,她比较熟悉那里,当导游。好玩儿么?当然,我喜欢那里的山。那里不是都是山么?没错,到处都是山。我也想去,她说。那就去吧,我说。那你,她好像在斟酌词句,你跟她怎么样?我说我们没什么。她就说,她男友始终觉得我主要还是心理上的问题。你们两个还真是一对儿啊,我说。然后我就爆发了,把她痛骂了一顿。我听任自己这样发作了十来分钟。她开始时还试图辩解，后来就一直在哭了。我甚至能感觉得到她的整个身体都在抽搐。

凌晨三点半的时候，她打来了电话。她说你一直占线啊。哦，我说是跟前妻通话来着，跟她聊了聊去尼泊尔的见闻。那，你答应离了？她冷不丁地问了这么一句。我愣了一下，没有，我拒绝了。她沉默了片刻，忽然笑了起来。你让我想起一个人，她慢悠悠地说道，知道是谁么？不知道，我说。我的前前夫，她说完又笑了。你真是没得救了。那我问你啊，你能告诉我你的真实想法究竟是什么样的么？我告诉她，我其实什么想法都没有，一点都没有。说完，我就提着那桶冷掉的水，走到洗手间，掀开马桶的盖子，把一桶水倒了进去，最后漩涡消失的瞬间发出"嗞溜"一声短促的回响。我拿着手机，去书架和沙发上的书堆里找一本埃什诺兹的书，可是没找到。

"我想跟你说的是，"她语气平淡地说道，"今天上午，哦，是昨天了，我去看我前夫了。我很久都没见过他了，这你知道的。他住在靠海边的私人疗养院里，旁边就是那个很大的森林公园。他发邮件给我，说想见一面。邮件是半个月之前发的，我昨天才看到。他写了很多。主要是说他最近半年来一直在研究的数学方面的问题，反正我是不懂的。还有一部分谈到黑洞的问题。他妈一个多月前打电话给我，说是希望我有空去看看他，跟他聊聊什么的。我说他有女朋友的，我去不大好吧。他妈表示理解，但还是希望我去看看他。当时我联系不上他，后来就忘了这事儿了。我今天过去之后，发现他胖了。除了一台笔记本，一张床，他的房间里什么都没有。他说是在这样空的状态下，能更好地思考。我问他，你女朋友呢？他说要过两天才来。他让她每周只来两次。后来我们到外面走了走。一直走到靠近公园边的山丘上，在那里就能看到海了。他看上去心情不错。我们也不知道聊了些什么。他说我跟以前一样，没什么变化，黑眼圈都一样，还是不专注听他说话。我说我在听呢。他冷笑了一下。我觉得我现在真的变得很有耐心了。他把外套脱了下来，递给我，然后把衬衣袖子都挽了起来。他的两个手臂上都是文身。我仔细看了看。他又解开衬衣扣子，露出前胸，也是文身，一直延伸到肚子上。这是根据宇宙大爆炸后一亿年时的图景绘制的，他说道。你仔细看，能看出来那些主要星系形成以及扩散的过程。然后他又指着胸口位置的图案说，这个是最早的黑洞。说实话，这是我看到过的最复杂的文身了。他说腿上也有。"

说到这里，她沉默了。我听到打火机的响声，她吹了口气。"我让他把外套穿上，"她继续说道，"中午阳光非常的好，也没有一点儿风，但只穿衬衣肯定是冷的。他像没听见我说什么似的，只是朝远处望着。我推了推他的胳膊。他看了我一眼，然后转过身去，背对着我。他让我撩起他的衬衣。我犹豫一下，还是照做了。你想象不到我当时的感觉，就是我刚看到他背部时那一瞬间的感觉。那里也有个文身，是个女人的裸体。当然我立即就看出来她是谁了，是我。想象不到吧？确实是我。文身文得非常好，我知道那是什么时候的我……用的是我跟他刚在一起时拍的一张照片，他拍的，我们第一次在一起……当时我冲完淋浴，站在镜子前用吹风机吹头发。他让我放下吹风机，我就放下了，他让我转过来，面对着他，我就面对着他。他举起相机，就拍了下来。看完这个文身，我有点头疼。他系好衬衣扣子，放下袖子，然后拿过外套，重新穿好。他说你不要误会，这不是你。我没明白他什么意思。他说我的意思是，这只是那时的那个你。那时你还没把我当成你的孩子，还没把我装到这里。他指了指我的小腹。你看她多美，像个瓷器，还没有变成一个容器，敲一敲还会有金属般的响声呢，是不是？还没有慢慢地吞了我，把我变成一个受精卵泡在温吞吞的羊水里。宇宙就是这么诞生的。所以你看到的这些图案，就是宇宙的生成史。那些平庸的脑袋怎么可能懂得这些啊，你说是不是？你们的脑子，只有鸽子蛋那么大。我是鸽子。所以我不能睡觉。你们好好地睡吧。"

她觉得自己当时基本上是逃跑的状态，摇摇晃晃地逃下了那座小山丘，满脸都是眼泪鼻涕，嘴里也是。她说她当时浑身上下都充满了愤怒之火，感觉整个人都要烧着了。"我觉得我真的有点被他搞疯了的感觉，"她叹了口气，语气平缓地说道，"我回到车里，呆了很久。后来我都不知道自己是怎么回到城里，回到自己家里的。我觉得自己其实就像是被一股力量抛出来的，跟个瓢虫似的。当时的阳光那么好，整个世界都是那么的明静，你能看到的所有的东西都在放光，都是那么干干净净的，我却是这样一种疯疯癫癫的状态，开着车子，以三四十公里的时速，逃离了那里。我把空调热风开到了最大，吹到浑身都在冒汗，可是手脚还是冰冷的。回来后，我就给他妈妈打了个电话，说我去看他了，他看上去还不错，就是有点胖了。他妈有些不安地反复表达着谢意，还有他爸的谢意，然后问我能不能到家里吃顿晚饭？我说过段时间吧，因为还要准备行李，后天要出差，去国外。"

"你要出国？"我有点诧异。此时已是凌晨四点半了。

"我也就那么一说，"她答道，"不然我怎么拒绝她呢？不过我也确实准备过段时间出国转转，还不知道要去哪儿。我跟你不一样，喜欢随口说说就算了。我是说行动就行动的，从来都不喜欢空想。"

"我也不老是空想的。"我说。我有些尴尬。

她沉默了一会儿,"谁知道呢?当然这是你自己的事了。其实都无所谓的。我不喜欢琢磨别人的心思……有很多事儿,说到底,其实谁都帮不了谁。"

"是,"我说,"到头来,还是只能自己受着。"

"是。"

2015 年 1 月 13 日

后记

小说集《伊春》共收入我近十年来创作的十篇短篇小说：《鲸》《公园》《凤凰》《象》《伊春》《南海》《风》《爸》《邻居》《尼泊尔》。

这些小说在风格和写作观念上可以说是一脉相承的，从题材和处理方式上则可以分为两大类：一类是带有寻找情感归依意味的，写的是人在异地飘浮状态下的内心处境与现实遭遇，《凤凰》《伊春》《南海》《尼泊尔》《风》均属此类。另一类是关于家庭与个人日常精神生活的，《鲸》《公园》《象》《爸》即属此类。而唯一不能归类的，则是《邻居》，它涉及的主要是禅宗思想与灵异问题的微妙关系。

当下的世界越来越呈现出与传统的背离趋势，也就是说，传统的以家庭为基本单位的社会系统正在发生着根本性变化，这一变化尤其是表现为城市（主要是大城市）中的家庭与人的社会存在状态之间的关系变得越来越弱化和模糊，这又进一步导致人在生存的普遍性压力之下呈现出飘浮无根的状态——家庭不再是港湾般的存在，亲情与爱情也不再是安全感的源头，与此缺失相对应的，就是各种伦理关系的不断消解。

《伊春》这部小说集的写作方式，在很大程度上即是对这种现实的某些思索或回应，也可以看做是对我过去小说观念的一次比较清晰的延展——从更多的角度和更细微的层面探索人的意识之暧昧难明的本质对于叙述方式的深度影响，或许正是因为在人的意识与现实世界之间存在着诸多的不确定性，才使得某种无尽的叙事成为了可能。

在写带有寻找情感归依意味、人飘浮异地的内心状态时，我在意的是在日常生活之外，世界是如何以另外的方式向一个孤独个体展开的，并如何包裹了他那投入了命运轨道的脆弱身心。在《凤凰》里，主要写的是一个女孩对一位中年同事加领导的暗恋以及那种精神上的父亲般的依赖感；在带有一定程度的侦探小说意味的《伊春》里，写的是寻找失踪者的任务多少有些意外地完成了，可是执行任务的警察却迷失了个人世界里最为重要的线索。在《南海》里，写的是人的精神世界如何在种种意外的事件冲击下瓦解，以至于记忆与想象都出现了错位与交织；而在《尼泊尔》里，写的则是异域空间并没有成为摆脱情感关系困境的催化剂，相反，倒是意外地成了个人觉醒的良药。在《风》里，通过双重叙述的方式，塑造了一个看上去非常矛盾的人物形象，可能都是真实的，也可能都是虚假的，对于变化中的人来说，什么是真实，在很大程度上取决于谁来面对并产生关系。

在写家庭与个人日常精神生活时，我更关注的是人在家庭亲情关系里的莫名尴尬的处境，尤其是渴望与下意识自我脱落并存的状态。在《鲸》里，写的是一个不知道自己应呆在哪里才能安心的人，他希望自己的情感能有所寄托，又害怕任何意义上的牵系；在《公园》里，写的是则是对于不幸与幸福的错觉是多么容易发生，就像日常情况下人对人的误解；在《象》里写的是家庭的潜藏危机在一个少年内心里留下的深深阴影；而在《爸》里，则是从少年视角直击了暴力与家庭的破碎以及对父亲幻象的渴望的微妙关系。

之所以最后会选择《伊春》为书名，其实是有个暗示在里面——人的内心世界，其实就像那个掩藏在大兴安岭森林边缘的城市伊春一样，是个听着似乎有点熟悉而实际上却是非常遥远的地方。

赵松
2020年4月

图书在版编目（CIP）数据

伊春/赵松著.-上海：上海文艺出版社.2021
ISBN 978-7-5321-7648-9
Ⅰ.①伊… Ⅱ.①赵… Ⅲ.①短篇小说－小说集－中国－当代 Ⅳ.①I247.7
中国版本图书馆CIP数据核字(2020)第199764号

发 行 人：毕　胜
策　　划：李伟长
责任编辑：李　霞
装帧设计：周安迪

书　　名：伊　春
作　　者：赵　松
出　　版：上海世纪出版集团　上海文艺出版社
地　　址：上海市绍兴路7号　200020
发　　行：上海文艺出版社发行中心
　　　　　上海市绍兴路50号　200020　www.ewen.co
印　　刷：杭州锦鸿数码印刷有限公司
开　　本：890×1240　1/32
印　　张：9.375
插　　页：2
字　　数：200,000
印　　次：2021年1月第1版　2021年1月第1次印刷
ＩＳＢＮ：978-7-5321-7648-9/I·6082
定　　价：55.00元
告 读 者：如发现本书有质量问题请与印刷厂质量科联系　T:0571-88855633